宋詩研究

胡雲翼 著

貴州出版集團
貴州人民出版社

圖書在版編目（CIP）數據

宋詩研究 / 胡雲翼著 . -- 貴陽 : 貴州人民出版社 , 2024. 9. -- ISBN 978-7-221-18606-5

Ⅰ . I222.744

中國國家版本館 CIP 數據核字第 20243VU889 號

宋詩研究

胡雲翼　著

出 版 人　朱文迅
責任編輯　馮應清
裝幀設計　采薇閣
責任印製　衆信科技

出版發行　貴州出版集團　貴州人民出版社
地　　址　貴陽市觀山湖區中天會展城會展東路 SOHO 辦公區 A 座
印　　刷　三河市金兆印刷裝訂有限公司
版　　次　2024 年 9 月第 1 版
印　　次　2024 年 9 月第 1 次印刷
開　　本　710 毫米 ×1000 毫米 1/16
印　　張　16
字　　數　96 千字
書　　號　ISBN 978-7-221-18606-5
定　　價　88.00 元

出版説明

《近代學術著作叢刊》選取近代學人學術著作共九十種，編例如次：

一、本叢刊遴選之近代學人均屬于晚清民國時期，卒于一九一二年以後，一九七五年之前。

二、本叢刊遴選之近代學術著作涵蓋哲學、語言文字學、文學、史學、政治學、社會學、目録學、藝術學、法學、生物學、建築學、地理學等，在相關學術領域均具有代表性，在學術研究方法上體現了新舊交融的時代特色。

三、本叢刊遴選之近代學術著作的文獻形態包括傳統古籍與現代排印本，爲避免重新排印時出錯，本叢刊據原本原貌影印出版。原書字體字號、排版格式均未作大的改變，原書之序跋、附注皆予保留。

四、本叢刊爲每種著作編排現代目録，保留原書頁碼。

五、少數學術著作原書内容有些許破損之處，編者以不改變版本内容爲前提，稍加修補，難以修復之處保留原貌。

六、原版書中個別錯訛之處，皆照原樣影印，未作修改。

由于叢刊規模較大，不足之處，懇請讀者不吝指正。

宋詩研究　目録

上篇

下篇

國學小叢書

宋詩研究

胡雲翼著

國學小叢書

宋詩研究

著者 胡雲翼
編輯主幹 王雲五

商務印書館發行

宋詩研究目錄

宋詩研究

上篇

第一章　唐詩與宋詩

葉燮原詩裏面有一段記載：

『自不讀唐以後書之論出，於是稱詩者，必曰唐詩。苟稱其人之詩爲宋詩，無異於唾罵。』

由這一段話我們可以知道，宋詩到了明代完全失卻號召詩壇的權威了，而且被一般詩人賤視蹧踏了。其實尊唐抑宋之說，還不始於明代的詩人，宋人已然。如滄浪詩話的作者嚴羽便極力攻擊宋詩的氣象不及唐詩。他說：『唐人與本朝詩，未論工拙，直是氣象不同；』劉克莊則指斥宋詩爲文之有韻者，他說：『唐文人皆能詩，柳尤高，韓尙非本色。迨本朝則文人多，詩人少，三百年間，雖人各有集，

集各有詩，詩各自爲體。或尙理致，或負才力，或逞辨博，要皆文之有韻者爾，非古人之詩也。』（對床夜話）

宋人自己還這樣蹧踏自己的詩，因此後來的文人更肆意的加宋詩以抨擊了：

何景明與李夢陽書：『近詩以盛唐爲尙，宋人似蒼老而疎鹵。』

楊愼升菴詩話：『宋詩信不及唐；』『唐詩人主情，去三百篇近；宋詩人主理，去三百篇遠。』

薛雪一瓢詩話：『宋詩似文，與唐人較遠；元詩似詞，與唐人較近。』

吳喬答萬季埜詩問：『唐人作詩，自述己意，不必求人知之，亦不在人人說好。宋人皆欲人人知我意，明人必欲人人說好，故不相入。』

自從明代李夢陽、何景明那些復古派的健將，提倡『詩必盛唐』以後，把宋詩的意義一筆勾消，把宋詩的地位丟到垃圾桶裏面去了。那些反對何李一派的人看了這種武斷的驕橫的議論，自然忍無可忍，自然要起來主持公道，痛駁那一般高視闊步的復古派的主張：

都穆南濠詩話：『昔人謂詩盛於唐，壞於宋。近亦有謂元詩過宋詩者。陋哉見也。劉后村云：「宋詩豈惟不媿於唐，蓋過之矣。」予觀歐、梅、蘇、黃、二陳、至石湖、放翁諸公，其詩視唐未可便謂之過，然眞無媿色者也。元詩稱大家，必曰虞、楊、范、揭，以四子而視宋，特太山之卷石耳。方正學詩云：「前宋文章配兩周，盛時詩律亦無傳。今人未識崑崙派，卻笑黃河是濁流；」又云「天歷諸公製作新，力排舊習祖唐人。麤豪未脫風沙氣，難詆熙豐作後塵。」非具正法眼者，烏能道此。』

葉燮原詩：『從來論詩者，大約伸唐而絀宋，有謂唐人以詩爲詩，主性情，於三百篇爲近；宋人以文爲詩，主議論，於三百篇爲遠。何言之謬也。唐人詩有議論者，杜甫是也。杜五言古，議論尤多。長篇如赴奉先縣詠懷、北征及八哀等作，何首無議論？而獨以議論歸宋人，何歟？彼先不知何者是議論，何者爲非議論，而妄分時代耶？且三百篇中二雅爲議論者，正自不少。彼先不知三百篇，安能知後人之詩也。如言宋人以文爲詩，則李白樂府長短句何嘗非文？杜甫前後出塞及潼關吏等篇，其中豈無似文之句？爲此言者，不但未見宋詩，并未見唐詩。村學究道聽耳食，竊一言以詫新奇，此等之論是也。』

宋犖漫堂詩話：『明自嘉隆以後，稱詩家皆諱言宋，至舉以相訾謷，故宋人詩集，庋閣不行。近二十年來，乃專尚宋詩。至吾友吳孟舉宋詩鈔出，幾於家有其書矣。孟舉序云：「黜宋者曰腐，此未見宋詩也。今之尊唐者，目未及唐詩之全，守嘉隆間固陋之本，陳陳相因，千喙一倡，乃所謂腐也。」又曰：「嘉隆之謂唐，唐之臭腐也。宋人化之，斯神奇矣。」

吳雷發說詩菅蒯：「論詩者，往往以時之前後爲優劣。甚而曰：「宋詩斷不可學。」彼蓋拾人唾餘……一代之中，未必人人同調，豈唐詩中無宋，宋詩中無唐乎？使宋詩果不可學，則元明尤屬糞壤矣。元明以後，又何必更作詩哉。」

曹學佺序宋詩：「取材新而命意廣，不剿襲前人一字。」

吳之振宋詩鈔序：「宋人之詩，變化於唐，而出其所自得，皮毛盡落，精神猶存。」

這兩派的人站在詛咒方面的說宋詩不但比不上唐詩，而且不及元詩；站在擁護方面的說，宋詩不但比元詩明詩好，而且比唐詩好。兩個戰壘自明代打筆墨官司，一直打到清末，中間經過了幾百年，經過多少次的爭論，還是不曾有絲毫結果，分不出一個唐詩宋詩的優劣來。可是宋詩卻因此格外的引起許多人的注意和研究了，「宋詩」兩個字也變成文學史上的特殊口語了。

據我們看來，無論贊成宋詩的也好，反對宋詩的也好，他們的評論宋詩，他們的比較唐宋優劣，在批評方法上總不免有幾個很大的錯誤：

（一）批評的支離破碎　我們要批評唐宋詩，必先作唐宋詩的比較研究。第一，唐詩有什麼特色？第二，宋詩有什麼特色？第三，這兩個時代詩的特色有什麼不同？第四，何以不同？經過了這幾種最低限度的比較研究以後，我們纔有把握握住幾個正確的觀念來批評唐宋詩的歧點與價值。那些明清的批評者似乎都不曾注意到這些大處着眼的地方。他們只知道拿黃山谷來比較杜甫，拿歐陽修來比較韓愈；他們只注意作品的呆板的分析，說宋人某一首詩不及唐人，但某一句詩卻比唐人工；某一首詩得着李杜的神韻，某一個詩眼卻用得不得唐人詩法；某句詩改得點鐵成金，某一句又是點金成鐵。諸如此類的話，都是枝節的說明，破碎的解釋，完全從小處着眼，沒有說到唐宋詩的全體上去，一點也不曾搔着唐宋詩的癢處，怎樣說得上批評唐宋詩呢？

（二）批評的籠統武斷　明清人的文學批評，最愛用幾個極籠統而簡單的抽象字眼，強橫的加到所批評的對象上面去，也不管這幾個字是不是可以概括所批評的全體。例如楊愼的『唐詩主情，宋詩主理』之說，居然把一個情字便概括了繁複萬端的唐詩的全部；又輕輕的用一個理字把四百年的宋詩又包括掉了，眞是驚人的武斷議論。葉燮例舉許多作家與作品來痛駁楊愼的謬說，自是不錯；但葉氏也只消極地糾正了楊愼的錯誤，並沒有對於唐宋詩提出第二種批評來代替楊氏之說。又如什麼『宋詩信不及唐，』『宋詩豈惟不媿於唐，蓋過之矣』的話，都是僅僅一句籠統話語，並無理由發揮，自然不能令人心服。說宋詩『腐』的，固然沒有說出腐的所以然；說宋詩『神奇』的，也沒有說出神奇的何所在。大家都是含含糊糊，籠籠統統地專門下斷語，使對方的人都莫名其言之妙，便只有惹起無謂的糾紛爭論，而不會有結果了。

咳！這樣一味的爲派別所囿，爲意氣所激的主觀論調，又是這樣支離、破碎、籠統、武斷，沒有從根本上將唐宋詩加以比較的研究，揭出幾個要點來批評，只是作散漫無主的野戰；那恐怕延長一萬年去爭論，也還是一團不能作結論的糾紛，而無法判斷唐詩宋詩的優劣呢。

其實我們如果明瞭文學史上各個時代文學變遷的必然趨勢，便要晃然這種拿兩個異代的文學，來作強橫的優劣比較，實在是多餘的事，那猶之乎批評李杜的優劣是多餘的事。我們儘有方法從多方面去作唐宋詩的比較研究，我們很容易看出唐宋詩的分野線。只要我們拿大多數的作品去歸納比較唐宋詩的鴻溝，便立顯在我們的面前。誠然我們不敢說唐優宋劣的話，但是在唐詩裏面許多偉大的獨具的特色在宋詩裏面卻消失掉了，消失掉了！

第一、宋詩消失唐代那種悲壯底邊塞派的作風了。

邊塞派的詩實在是唐詩獨具的特色，又慷慨又激昂，讀了能夠使我們的胸襟頓時壯闊起來。如駱賓王的從軍行：『弓弦抱漢月，馬足踐胡塵，不求生入塞，唯當死報君；』李白的行路難：『金尊清酒斗十千，玉盤珍差值萬錢。停杯投筯不能食，拔劍四顧心茫然；』高適的燕歌行：『漢家煙塵在東北，漢將辭家破殘賊。男兒本自重橫行，天子非常賜顏色；』王昌齡的從軍行：『秦時明月漢時關，萬里長征人未還。但使龍城飛將在，不教胡馬度陰山』盧綸的塞下曲：『月黑鴈飛高，單于夜遁逃。欲將輕騎逐，大雪滿弓刀，』……這種悲壯的作風，是唐代民族勢力向外發展的時候，纔能夠形成的。到了宋代，國勢衰了，弱了，詩壇也和牠的時代一樣的沒有英雄氣，自然要失卻唐代激昂悲壯的作風。到了南宋，把一個國家都遷到揚子江之南來，連望邊塞也望不見，更談不上寫出塞曲了。間有一兩首作品，如范仲淹的漁家傲，辛棄疾的破陣子——那都是詞而不是詩——也只是寫些窮愁之感，比不上唐人雄偉的壯歌了。

第二、宋詩消失唐代那種感傷底社會派的作風了。

唐代杜甫、白居易一輩的詩人，往往愛用一種俚俗的字句，敍事詩的體裁，客觀的態度，樸實的描寫，來表演當代社會民間小百姓們的痛苦，特別是戰禍的種種痛苦。如石壕吏、新豐折臂翁、新婚別……一類的作品，題材與描寫都是很新穎的，時代的情調是很濃厚的，並且在事實上這種社會派的詩往往便是悲劇詩，所以格外能夠深刻地感動人。這也是當代的環境使之然。到了宋代，變成了太平昇歌的天下，詩人的作品自然變成了太平文學，而這種悲劇的敍事詩的作風便完全失卻了。（關於這一點，在下一章裏面將有更詳細的申說）

第三、宋詩消失唐代那種哀豔底閨怨宮怨詩的作風了。

閨怨詩與宮怨詩的創製，原不始於唐人，但以唐人的作品獨多，描寫獨工。而因爲戰禍的牽延不斷，越發絆起閨怨詩的發達。一方面是征夫殺伐之聲，反面便是閨中哀怨之源。邊塞詩與閨怨詩原來是成正比例而發展的。那些邊塞派的大作家如王昌齡、李白，同時也就是描寫閨怨宮怨的聖手。如李白的長門怨：『桂殿長愁不記春，黃金四壁起秋塵，夜懸明鏡青天上，獨照長門宮裏人』；王昌齡的閨怨：『閨中少婦不知愁，春日凝妝上翠樓。忽見陌頭楊柳色，悔教夫壻覓封侯』；雍陶的隴西行：『誓掃匈奴不顧身，五千貂錦喪胡塵。可憐無定河邊骨，就是閨中夢裏人』……這種哀豔的怨詞，在宋詩裏面也就很缺乏的。本來老實忠厚的宋代詩人，根本卻不像唐人那般愛寫女性和愛情，王安石便很明白指斥李白詩只知作婦人與酒的描寫。至於窮愁哀怨的作品，宋人更不會作。所以唐人最叫座的宮怨閨怨詩到宋代便自然衰落下去了。

第四、宋詩消失唐代那種纏綿活潑底情詩的作風了。

唐詩雖然不能說完全是主情，情詩卻特別發達。短篇的情詩如李益的『嫁得瞿塘賈，朝朝誤妾期。早知潮有信，嫁與弄潮兒』；杜秋娘的『勸君莫惜金鏤衣，勸君惜取少年時。花開須折直須折，莫待無花空折枝。』長篇的抒情詩，如劉希夷的代悲白頭吟『年年歲歲花相似，歲歲年年人不同』；張若虛的春江花月夜『江畔何人初見月？江月何年初照人？』……這樣的例子是不勝舉的，也用不着多舉，誰讀了唐詩不知道唐人的情詩，短篇的都是倩麗曼豔，長篇的都是悱惻纏綿？至於宋人，呸！他們的不懂得寫喜劇的艷情詩猶之乎他們不喜歡作悲劇的宮怨閨怨詩一樣。黃庭堅的作品稍涉情愛，許多人都很嚴酷的加以罪名，曰『淫，』論佛法還當墮拔舌地獄。這樣一來，誰還敢努力於情詩的抒寫呢？

上面所說的幾段話，自然不能說是絕對的比較，但就大體觀察是不錯的。我們可以大膽地重說一句：唐詩裏面幾種最優秀的作風，宋詩是完全消失掉了。我們讀過唐詩，只覺得唐人處處是用奔迸迴盪的熱情在舞跳着——除了一部分的田園山水詩是主冷靜的表情——在唐詩裏面，有令人鼓舞的悲壯，有令人悽愴的哀豔，有令人低徊的纏綿，有令人痛哭的感傷，把我們讀者的觀感完全掉在一個情化的世界裏面去。宋人詩似乎最缺乏這種狂熱的情調，常常給我們看着一個冷靜的模樣，儼然少年老成，沒有一點青春時期應有的活潑浪漫氣，全不像唐人的要說什麼就說什麼的天眞爛漫。這是唐宋詩顯著的分歧點，也就是宋詩的缺點。

如其我們進一步追問：宋詩人何以不會承受唐詩裏面那些優秀的作風去求發展呢？論者或究宋人的天才不及唐人，或以爲宋人的情感不及唐人豐富，這都是可笑的理論。最大的原因，原來是詩的時代已經過去了。我們應該知道任何一種文體的發展，是不能不受時代的制裁的。顧亭林在他的日知錄上而有一段話說得好：

『三百篇之不能不降而楚辭；楚辭之不能不降而漢魏；漢魏之不能不降而六朝；六朝之不能不降而唐也，勢也。』

這裏所謂勢，便是時代制裁的意義。唐詩之不能不變而爲宋詩，無非時代的關係使然。我們知道詩歌在中國文學史上已經有千年的進展了。四言詩體最狹，在周末發展已够；五七言古詩經過漢、魏、兩晉、六朝的長期活動，也已够了；五七言近體詩則經過唐代三百年的發揮光大，也已够受宋人偏要在這種發展力已盡的詩體裏面討生活，自然很容易墮落前人的窠臼，難能有新的貢獻。

話雖如此，宋詩也決不是離開了唐詩便失却了意義的。在滿身困難的當中，憑宋詩人努力掙扎，居然造成了一部有聲有色的在文學史上占特殊地位的宋詩壇，其成績自不可侮。往下，我們便進一步研究宋詩的背境及其特色。

第二章　宋詩的背境及其特色

在理論上宋代已經不是詩的時代了；但是卻不能說沒有宋詩。無論批評底好壞，我們都應該坦白地承認，宋詩自有他成立的原因，宋詩自有他的特色。什麼是宋詩成立的原因呢？什麼是宋詩的特色呢？如果要解答這兩個問題，便不能不進一步研究宋詩的背境。

這眞是使我們異常失望的，宋詩的背境原來完全不適於詩。無論政治的環境，學術的環境與文壇的風氣，都是給詩歌以很重的壓迫，不讓他自如地生長得着充分的發展。

我們不妨把這個話說明白一點。

第一政治的環境惡劣　本來就政治而論政治，宋代總要算是四百年的太平天下。尤其是北宋。那時賢人輩出，把一個天下弄得平平安安舒舒服服。雖然北宋之末，金兵入寇，居然把天下的共主，都虜去了兩個。但是，大家都舒服慣了，誰還想動一動，把帝都遷到南邊來就是了。這有什麼希奇？又有什麼羞恥？東晉就是一個好例。其中雖有辛棄疾陸游幾個人嘆了幾口氣。但是誰聽那種酸聲？

所以南渡後就沒事了，依然「惠風和暢，水波不興」的景氣，一直昇歌太平到南宋之亡。一般文人學士，都被時代把他們安置在暖溫溫的輭洋洋的鵝絨氈上，舒服得連氣也不想出，那裏還想動，更那裏有「不得其平則鳴」的歌聲呢？陸游有一首詩表現當時的太平景象：

「紛紛紅紫已成塵，布穀聲中夏令新。夾路桑麻行不盡，始知身是太平人。」（初夏）

范成大也有兩句這樣的詩：

「太平不用千尋鎖，靜聽西城打夜濤。」

南渡時代，尚有如此景象，則北宋和南宋偏安以後的治安更可想見了。這種太平天下，在政治史上實在是值得大書特書的。

話雖如此，我們用文學的眼光來看便不同了。太平政治是最不適宜於好文藝的產生的。而政治的淆亂反適合於文藝的滋長。我們看：周末的混亂產生了詩經，漢末的混亂產生了許多新樂府和建安文學，南北朝的混亂產生了許多民間歌謠和士大夫的文學，唐開元以後的混亂產生了唐詩。好的時代文學，總是由於時代的缺陷產生的。太平政治只能產生太平文學。

請問：太平文學有什麼味兒？

在宋代這種太平政治卵翼之下，一個個文人都養得很嬌慣的，富貴氣很重的，儼然太平文人。別的且不講，單就詩人說，沒有一個大詩人不是富貴壽考的。這也是一代詩人之幸，不可不記錄一下：

歐陽修六十六歲，官至觀文殿學士，晉太子少師；

王安石六十六歲，官至中書門下平章事，二次入相；

蘇軾六十六歲，官至翰林學士兼侍讀；

黃庭堅六十一歲，官至祕書丞兼國史編修官；

陸游八十五歲，官至寶章閣待制；

范成大六十九歲，官至參知政事資政殿學士，

楊萬里八十餘歲，官至寶謨殿學士。

此外如楊億、劉筠、錢惟演、王禹偁、寇準、范仲淹、陳與義輩都是位尊壽高的詩人，只有蘇舜卿活了四

十多歲，梅堯臣、秦觀活了五十多歲，要算是命短的。我們回頭來看唐詩人王勃二十多歲便死於非命；盧照隣苦病而自投於江；駱賓王兵敗失蹤；王維被虜於賊；李白飄泊終身；杜甫流浪一世，末了還是餓死他鄉；李賀輕輕的年華至嘔心血而死；張籍中年喪明；韓愈也是宦途潦倒，流竄萬里；只有元稹做了高一點的官，白居易多活了幾歲。歐陽修說：『詩窮而後工，』這句恰好是替唐詩人說的。宋代詩人因爲都是過象牙之塔的生活，所以寫不出極雄壯，極哀豔或是極悱惻的偉大作品來。因此我們說宋代的太平政治，是宋詩的惡劣環境。

第二學術的環境惡劣　一提到宋代的學術，我們總會很敏捷地想到『理學』的上面來。理學派在兩宋實在是一個特殊的勢力，如其說宋代有學術可言，那便只有理學了。這派學者的爲人，極力遵守『非禮勿視，非禮勿聽，非禮勿言，非禮勿動』主義。他們的口裏『正心誠意』他們的手裏『四書五經，』他們的態度『戰戰兢兢』他們的行動『惟恭必敬，』他們的理想『齊家治國』，他們的實際『酸腐、獃憨』。這種人物在北宋有邵雍、周敦頤、程頤、程灝、張載、楊時、一派脈絡相傳；到了南宋由羅從彥、李侗傳下去，傳到朱熹，便起來了一個陸九淵和他對抗，於是分成兩派發展了。瀰漫了宋代的學術思潮，便是這種理學的空氣。

我們試想用他們這種迂腐的頭腦來作詩，應該是如何可笑呢？

「至誠通聖藥通神，遠寄衰翁濟病身。我亦有丹君信否，用時還解壽斯民。」（程灝謝王佺期寄藥）

「聖心難用淺心求，聖學須專禮法修。千五百年無孔子，盡因通變老優游。」（張載聖心）

這種理學派的詩，在當代居然造成一種風氣了。四庫全書提要說：「自班固作詠史詩，始兆論宗。東方朔作誡子詩，始涉理路。沿及北宋，鄙唐之不知道，於是以論理爲本，修詞爲末，而詩格於是乎大變。」不僅理學的學者做這樣的詩，一般詩人也薰染了這種壞風氣。如王安石的詩：

「雲從無心來，還向無心去。無心無處尋，莫覓無心處。」（卽事）

「我讀萬卷書，識盡天下理。智者渠自知，愚者誰信爾。奇哉閑道人，跳出三句裏。獨悟自根本，不從他處起。」（擬寒山拾得）

又如陸游的詩：

『讀書萬卷不謀食，脫粟在傍書在前。要識從來會心處，曲肱飲水亦欣然。』（冬夜讀書示子聿）

『易經獨不遭秦火，字字皆如見聖人。汝始弱齡吾已耄，要當致力各終身。』（同上示子聿）

這怎樣能說是詩呢？作詩不應該如道德論，鍾嶸早已說過了。

我們如其要從宋詩裏面去選哲理詩，至少可以彙一部很厚的哲理詩集。因爲這已成爲當代的風氣，大家都要學學時髦，彷彿不如此不足以表示其爲多方面的詩人。這種很壞很壞的風氣的形成，完全是受着當代學術思潮——理學——的影響。

第三文壇的風氣惡劣　宋代文壇的風氣，對於詩和詞，完全是兩副不同的面孔，眞是很希奇的，他們說詞是小道，說詞是末技，那是與風雅無關的，可以讓作者毫無顧忌的自由去抒寫，因爲作詞實在是種小頑意。同時他們又說詞爲豔科，因爲孔子並不曾定下一種詞教，而當時的老百姓們又都用詞來抒男女之情，拿來歌唱。這是當代的一種時髦風氣，大家學着做做又何妨，所以一般文人學士作詞也跟着寫男女之情——如果用這種卑卑不足道的詞體，來寫天下之大道，不是侮辱了孔聖人嗎？——因此，宋代的抒情小詞異常發達。說到詩，宋人的見地便全然不同了，他們都換一副極莊嚴可畏的面孔來對着詩，因爲詩歌既有『思無邪』的詩經作規範，又有『溫柔敦厚』的詩教做宗旨，與人倫大道風化名教都有關係，一點也不能涉於輕薄。大家都正經地來做詩，想於世有補，不僅思有邪的愛情不敢寫，連浪漫一點也不行。我們看歐陽修的詞如：『算伊渾似薄情郎，去便不來來便去，』『等閑妨了繡工夫，笑問鴛鴦二字怎生書？』蘇軾的詞如：『綵索身輕長趁燕，紅窗睡重不聞鶯，困人天氣近清明；』黃庭堅的詞如：『對景還消瘦，被個人把人調戲。我也心兒有，憶我又喚我，見我，嗔我，天甚教人怎生受？』這是何等的有情趣，一到他們的詩裏面便失却了這種活潑的情調，他們雖也偶有抒情詩，但很少，而且情趣不濃厚。原來，宋詩也和宋文一樣掉入『文以載道』的魔境去了。我們看：歐陽修在他的詩本義裏面怎樣發揮詩教；蘇軾那樣崇拜杜甫的忠君文學；王安石指斥李白的詩不離婦人與酒；黃庭堅說明作詩必先識經；當日文壇的風氣如是，在積極方面既然造成了理學詩的發達；在消極方面，詩體又爲文壇風氣所限制，致抒情詩得不着充分的開展，這自是宋詩很大的不幸！

宋詩的背境——政治、學術、文壇——是這樣的黑暗，實在是宋詩的三大厄運。宋詩不能有更擴大的發展；這也是三個大原因。因爲當代詩壇受了時代的限制；一般詩人都不能向前面去求進步，於是一個個都回過頭來掉在唐詩的網裏面了。

宋詩不能完全擺脫唐詩的藩籬，這是我們也替宋詩婉惜的。可是，宋詩人在創造方面，雖沒有唐詩人的偉大；但在詩的研究方面，却比唐詩人深刻的多了，進步的多了。他們對於唐代詩人，每一個都有很適當的批評；他們對於唐詩，每一篇都作詳細的分析；他們能夠看出每一個唐詩人的特長；他們能夠發現每篇唐詩的好處。尤其對於那幾個名貴的詩人，如李白、杜甫、白居易、李賀、王維、韓愈、李義山，無論用字，鍊句，對仗，用韻，他們一點點都不肯放鬆，而加以細密的研究。有了許多唐代的好作家和好作品，供宋人的模範與參考，宋人的描寫方法自然要特殊的進步了。其進步的痕跡可以明顯地看出來的：第一，宋詩格外的整鍊，有規矩，沒有唐人不工穩的毛病了；第二，宋詩的描寫越發細緻，沒有唐人粗率的毛病了；第三，宋詩的描寫特別冲淡，沒有唐人一味豪邁意氣的毛病了。最好的舉例，譬如王安石少年的詩，專尚意氣，粗率而無涵養，及盡取唐詩讀之，晚年的詩始益嚴整，而有温婉不迫之趣。由唐詩的描寫變爲宋詩的描寫，我們讀過王安石的詩，便很容易看出這種進化的痕跡出來。

這不能不說是宋詩的一種特色，關於描寫的技巧一方面。

此外，我們還發現宋詩造了一個新詩境。那就是指宋詩裏面，有一種充滿了畫意的詩，異常發達。題畫詩本不始倡於宋，沈德潛云：『唐以前未見題畫詩，開此體者，老杜也。』但唐人題畫詩也並不很多，題畫詩最多的還要讓宋代。我們估計那些題畫的詩，至少有一倍理學詩那麼多的數量。這大約也是宋代畫師很多的緣故，如米芾、文同都是以詩人而兼畫家。詩如——

『老年尙喜管城子，更愛好山江上青。武林秋高曉欲雨，正若此畫雲溟溟。』（米友仁自題大姚村圖）

『洞庭木落萬波秋，說與南人亦自愁。欲指吳松何處是，一行征鴈海山頭。』（張耒題周文翰郭熙山水，但晁補之雞筋集亦載此詩）

『鴻鴈歸時水拍天，平岡老木尙寒煙。付君餘地安漁艇，乞我寒江聽雨眠。』（蔡肇題畫授

李伯時）

題畫詩因爲受了畫圖的限制，和或者爲應酬而勉强題詩的緣故，所以好的作品很稀罕。但因圖畫和題畫詩發達的影響所及，一般的宋詩似乎也薰染着畫的情調，在詩裏面表現出來這種充滿了畫意，卽所謂『詩中有畫』的詩，以宋人的描寫爲最精工。例如張公庠的道中：

『一年春事已成空，擁鼻微吟半醉中。夾路桃花新雨過，馬蹄無處避殘紅。』

鄭獬的絕句：

『田家汨汨水流渾，一樹高花明遠村。雲意不知殘照好，却將微雨送黃昏。』

武衍的湖邊：

『日日湖邊上小車，要尋紅紫醉年華。東風合與春料理，忍把輕寒瘦杏花。』

趙師秀的數日；

『數日秋風欺病夫，盡吹黃葉下庭蕪。林疎放得遙山出，又被雲遮一半無。』

李顯卿的溪行：

『枯木扶疎夾道旁，野梅倒影浸寒塘。朝陽不到溪灣處，留得橫橋一板霜。』

法具的東山：

『窗中遠看眉黛綠，盡是當年歌吹愁。鳥語夕陽人不見，薔薇花暗小江流。』

大學蘊道齋生的絕句：

『朝來池上有新句，火急報教同舍知：昨夜雨餘春水滿，白鷗飛下立多時。』

顯忠的閑居：

『竹裏編茅倚石根，竹莖疎處見前村。閑眠盡日無人到，自有春風爲掃門。』

這都是隨意寫來的詩例，而且盡是無名作者的作品。然而却沒有一首不精美的。擬之唐人七絕，也決無愧色。我們並且看得出來，每一首詩的好處，都是充盈着優美的畫意。宋人的好詩往往都是詩中有畫的詩，這也不能不說是宋詩的一種特色罷。

第三章　宋詩的發達及其派別

御定四朝詩錄宋詩人凡八百八十二家，宋詩紀事搜羅宋詩人至三千八百餘家，宋詩紀事補遺又補錄三千餘家，（內中一部分爲宋詩紀事所有）名家詩人還不在此數。這比較全唐詩著錄的二千多詩人，在數量上已經超過很大了。縱使我們說宋詩的發展終沒有唐詩之盛，但像這樣詩人之多已經是可驚的發達了。在我們的理想中，宋代既已不是詩的時期，同時詞體又很迅速的發達起來了，詩壇的景象應該變成很寂寞的。現在不但不寂寞，而且產生這許多的詩人，替詩壇吶喊；至於作品則更豐富了，如陸游、楊萬里的詩都在萬篇以上，王安石、蘇軾們詩的篇幅都是數十卷以上——這種情形，我們看了不免要驚訝吧。也許要進一步追問：宋詩何以能夠這般發達呢？

宋詩的發達，分析起來，有兩個重大的原因：

（一）君主的提倡所致　宋主大都愛好詩歌，而且能做。如宋太祖的詠月詩：『未離海底千山黑，纔到天中萬國明，』氣象宏闊，徐鉉竟爲之拜倒。至於太宗，尤好詩文。貢父詩話說：『太宗好文，進士及第賜文喜宴，常作詩贈之。景祐朝因以爲故事。』一般文人武人以能詩而受太宗特別知遇的很多。例如：——

(1)歐陽靖撥遺：『蘇易簡在翰林。太宗一日召對，賜酒甚歡暢，曰「君臣千載遇。」蘇應聲曰：「忠孝一生心。」太宗大悅，以所御金器，盡席賜之。』

(2)靑箱雜記：『曹武毅公翰江南歸環衛，數年不調。一日內宴，侍臣皆賦詩。翰以武人，獨不預。乃陳曰：臣少亦學詩，乞應詔。太宗曰：卿武人以刀字爲韻。因以寄意曰：「三十年前學六韜，英名常得預時髦。曾因國難披金甲，不爲家貧賣寶刀。臂健尙嫌弓力軟，眼明猶識陣雲高。庭前昨夜秋風起，羞見蟠花舊錦袍。」太宗爲遷數官。』

此外如李義府因一篇詠飛鳥詩，受太宗特殊的激賞（小說舊聞）；呂正惠和了兩句『愚臣鉤直難堪用，宜用濠梁結網人』的詩，便拜了平章事；這些地方都可以看出太宗的極力獎勵詩歌。

眞宗的獎勵詩人也和太宗一樣。他讀了王禹偁的千葉石榴花詩，嘆爲眞才；他對於楊億、錢惟演一般詩人，禮遇甚隆，時常賜給他們的詩。仁宗詩癖尤甚。貢父詩話云：『仁宗在位四十二年，賜詩尤多。』其詩如『寒儒逢景運，報德合如何，』一時稱爲傑作。此外徽宗、孝宗、度宗、恭宗都很能詩。徽宗詩如：『淸晨檐際肅霜鮮，曉日初銷萬瓦烟。隆德重陽開小宴，競將黃菊作花鈿；』（宮詞）孝宗詩如：『一枝殘雪照山城，春意原非復後生。羞把紅顏媚兒女，梅兄知我歲寒情』（題刁光胤畫册）度宗詩如：『鷗鷺歸烟渚，秋江挾晚晴。老漁閒艤艇，坐待月華生；』（晚望）恭宗詩如：『寄語林和靖，梅花幾度開？黃金台下客，應是不歸來。』（在燕京作）……這些能詩的帝王們沒有不是極力提倡詩歌獎勵詩人的。

我們知道歷代文學發達，與君主的提倡都是有很深的關係。如漢賦、唐詩，都是受了政治的特別提攜，才得格外發展。宋代雖不是詩的時期，然那些帝王都有詩癖，竭力獎勵提倡於上，一般文人爲了升官發財起見，自然風靡於下。我們只要看楊徽之的獻詩：『十年牢落今何幸，叨遇君王問姓名；』又看梁周翰詩：『誰似金華楊學士，十聯詩在御屛間。』由此便可以想見宋詩發達的原因了。

（二）詩體的尊嚴所致　在前面曾經說過，宋代文學雖然詩詞二體同時發展，但詞體宋人只當牠是一種時髦，當牠是一種玩意，高興的時候隨便做做，也無非是茶餘酒散，聊以消遣，並不能算是正經學問。所以宋詞的發達是由於一種時髦的新潮流所趨。至於詩歌則已經成爲文人的正業，詩歌的用處『可以興，可以觀，可以羣，可以怨，』這是孔子說過的，所以詩歌要算是一種最尊嚴的文體。宋人都有這種感覺：『惟以詞名家，豈不小哉！』因此一般詞人雖然不會做詩，也要瞎湊幾卷。如晏殊、張先、劉克莊、姜白石都是詞人兼做詩人。至於歐陽修那些大文人，平常以風雅自命的，自然天天與詩爲友了，雖然也不嫌棄做詞。我們檢開宋人的作集一看，只看見幾十卷幾十卷的詩，却沒有五卷以上的詞；民間文藝則詞多而詩少。這也可見當代文人重視詩體的尊嚴，於是詩體在貴族社會特別發達；民衆則愛好詞體的新穎，於是詞體乃在民間特別流行。本是失却了時代性的詩體，沒有被詞體所壓迫而衰歇，一部的原因便因爲詩體被目爲一種最尊嚴的文體的緣故。

* * * * *

接着唐詩之後，又繼續繁殖了四百年的宋詩，作品與作人又那樣的發達，詩的派別門戶，自然異常紛歧。漫堂說詩有一般縱論宋詩派的話：『唐以後詩派，略可指數。宋初晏殊、錢惟演、楊億，號西崑體。仁宗時，歐陽修、梅堯臣、蘇舜卿，謂之歐梅，亦稱蘇梅，諸君多學杜韓。王安石稍後，亦學杜韓。神宗時，蘇軾、黃庭堅，謂之蘇黃。又黃與晁補之、張耒、陳師道、秦觀、李廌，稱蘇門六君子。庭堅別開江西詩派，爲江西初祖。南渡後，陸游學杜、蘇，號爲大宗。又有范成大、尤袤、陳與義、劉克莊諸人，大概杜、蘇之支分派別也。其後江湖四靈徐照、翁卷等，專攻晚唐五言……」。

漫堂說詩這一段話過於簡略，我們還嫌牠語焉不詳。宋人詩派，我們根據許多詩話上的說法，至少有下列九種：

(1)西崑體——楊億等代表，宗李義山；

(2)晚唐體——寇準等代表，宗晚唐；

(3)白　體——王禹偁等代表，宗白居易；

(4)唐　體——歐陽修、梅堯臣等代表，宗杜、韓；

(5)元祐體——蘇軾、黃庭堅等代表；

(6)江西派——陳師道等代表，宗黃庭堅；

(7)理學派——程頤、張載等代表，宗邵雍；

(8)永嘉派——徐照等代表，宗晚唐；

(9)江湖派——劉克莊等代表，宗五代。

此外以個人爲體者，據滄浪詩話所著錄，也有七派：

(1)東坡體；

(2)山谷體；

(3)后山體；

(4)王荆公體；

(5)邵康節體；

(6)陳簡齋體；

(7)楊誠齋體。

誠然，這種區分，決不能說是嚴格的詩派的區分，不過藉以表示宋詩裏面有這麼幾個變遷，有這麼幾個不同的詩的風格而已。宋詩既不能明顯地劃分幾個時期讓我們來敍述，那末往下我們就依時代的次序，將宋詩各種派別變遷的脈絡，各派的領袖與作者，各派的特色與作風，以及作品內容的分析，系統地加以分別的研究吧。

第四章　宋詩的西崑時期

詩歌到了晚唐，已經是衰歇的景象了，只剩下杜牧、李義山幾個詩人放射唐詩的最後光燄。到了五代更只有詞的發達，值得珍貴的詩人眞是一個例也舉不出來。反是那幾個會做小詞的作家，他們用做詞的法子來做詩，很有點清新的風味。例如李後主的詠柳書黄羅扇示慶奴：

『風情漸老見春羞。到處銷魂感舊遊。多謝長條似相識，強垂烟態拂人頭。』

張泌的寄人：

『別夢依依到謝家。小廊迴合曲闌斜。多情只有春庭月，猶爲離人照落花。』

孫光憲的採蓮：

『菡萏香銷十頃陂，小姑貪戲采蓮遲。晚來弄水船頭溼，更脫紅裙裹鴨兒。』

這些會做詩的詞人可是不大做詩，而那般詩人又染着五代卑靡的詩風，做詩全做不好。到了宋初還是這樣。如鞠常、楊徽之、李若拙、趙隣幾都是五代的詩人，他們把五代的詩風移植到宋代來，所以宋初的詩壇還是頹廢不振。這種情形給那般有為的詩人看了，自然難堪，自然要起來圖振作。而揭起一種新的旗幟，造成宋詩初期的發展的便是西崑體的詩人。

怎樣說是西崑體呢？這是楊億一般人不喜歡五代詩的風味，便追溯上晚唐去，指出晚唐的大詩人李義山為宗主。義山那時本無西崑體之稱，只與温庭筠、段成式號稱三十六體。後來因為楊億與他志同道合的十幾個詩人，相與酬唱，詩篇既多，便成卷帙。楊億乃編次成册，自敍云：『取玉山策府之名，命之曰西崑酬唱集。』這便是西崑體幾個字的來源。

西崑體的主幹詩人有楊億、劉筠、錢惟演等。億字大年，建州人。入翰林為學士，官至左司諫知制誥。他是西崑體的首創者，（據田況仔林公議的說法）嘗以為商隱之詩，其味無窮，杜甫比之，則未免村夫子面目。這自然是過於阿私所好的論調，但在杜詩風靡一世的宋代，這種言論總算是不可多得的。億的文學天才也足以副他首創者的榮譽。歐陽修嘗稱：『楊大年每欲作人則與門人賓客，飲酒投壺奕碁，語笑諠譁，而不妨構思。以小方紙細書，揮翰如飛，文不加點。每盈一幅，則命門人傳錄。門人疲於應命，頃刻之間，成數千言，眞一代之文豪也。』（歸田錄）劉筠字之儀，大名人。官至戶部龍圖閣學士。與楊億齊名，號稱楊劉。錢惟演字希聖，吳越王錢俶之子。官至同中書門下平章事。與楊劉齊名，號江東三虎。

因爲西崑酬唱集是西崑體主幹詩人楊億的編定，可以說這本書便是西崑體的代表作集。我們試檢閱其內容，有兩點很值得我們注意的。第一、全集完全是酬唱之作。每每一個題目，翻來覆去，題上多少首詩，甚至於你翻我的意思，我又翻古人的僻典，翻上十幾首的，如荷花、戊申年七夕一類的題詠。第二、除了四首絕句外，全集盡是五七言律詩。而且排律不少，如宣曲二十二韻，受詔修書述懷感事三十韻，都是很長篇的排律。我們知道律詩因爲排比對仗之故，很不容易做好。唐詩裏面五律便少好的，七律尤甚；何況數十韻的排律呢？更何況又都是酬唱之作呢？然而西崑體的詩人却偏要從難處做工夫。他們蔑視詩的自然，也不要求詩裏面表現什麼思想與氣魄，樸實與通俗的描寫，在他們看來是詩歌的大忌，所以杜甫纔被罵爲村夫子。他們只一味的握住李義山的唯美主義，專從雕琢與粉飾方面去求進步『技巧』二字被他們認爲作詩的萬能。如其一首詩裏面不用幾個巧妙而隱僻的古典和工麗貼切的對仗，無論如何都不能算是好詩。暫時，我們且不必去批評他們這種詩體的得失，單就詩的技巧方面講，則他們的作品不能不說是相當的成功。例如楊億的禁中庭樹：

「直幹依金闥，繁陰覆綺楹。纍珠晨露重，嘒管夜蟬淸。霜桂丹丘路，星榆北斗城。歲寒徒自許，蜀柳笑孤貞。」

劉筠的館中新蟬：

「庭中嘉樹發華滋，可要螳蜋共此時。翼薄乍舒宮女鬢，蛻輕全解羽人尸。風來玉女烏先轉，露下金莖鶴未知。日永聲長兼夜思，肯容潘岳到秋悲。」

錢惟演的荷花：

「水閣雨蕭蕭，風微影自搖。徐娘羞半面，楚女妬纖腰。別恨拋深浦，遺香逐畫橈。華燈連霧夕，鈿合映霞朝。淚有鮫人見，魂須宋玉招。凌波終未渡，疑待鵲爲橋。」

如「纍珠晨露重，嘒管夜蟬淸」「風來玉女烏先轉，露下金莖鶴未知」在當時都是被豔稱爲名句的。即極端反對西崑體的歐陽修也說：「先朝楊劉風采，聳動天下，至今使人傾想。」（答蔡君謨）

在楊劉旗幟之下的作家，據西崑酬唱集所載，尚有十四人：

(1)李宗諤——翰林學士；

(2)陳越——著作佐郎直史館；

(3)李維——戶部員外郎直集賢院；

(4)劉隲——工部員外郎直集賢院，

(5)丁謂——樞密直學士；

(6)刁衎——駕部員外郎直祕閣；

(7)元闕——

(8)張詠——樞密直學士；

(9)錢惟濟——恩州刺州；

(10)任隨——

(11)舒雅——職方員外郎，秘閣校理，監舒州靈仙觀；

(12)晁　迥——翰林學士；

(13)崔遵度——左司諫直史館；

(14)薛　映——右諫議大夫。

這些人物都是西崑體裏面的健將，不過他們詩的藝術，已遠不及他們那幾個領袖的成功。

當西崑體盛極一時的時候，同時的文人都相率向着西崑體的藩籬走進去，以模擬西崑爲榮。其他同時並存的幾個詩派，在詩壇裏面都是毫無聲勢，不能和西崑體相頡頏。詩壇的權威完全由西崑派的詩人獨霸着。但是末流所趨，這種極端曼麗浮豔的詩風，已漸漸引起一般新詩人的厭惡了。石介便首先作怪說加西崑派的首領以抨擊，他說：『楊億窮研極態，綴風月，弄花草，淫巧侈麗，浮華纂組。』石介這種攻擊是很有力的，因爲他的背後還有許多新詩人作後援。後來又因爲西崑集中宣曲一詩，有『取酒臨邛』之句，眞宗乃下詔禁文體浮豔。西崑體受了政治與新詩人的夾攻，自然維持不住而衰落下去了。往後的詩人與詩話家大都會看不起西崑體的。劉克莊後村詩話說：『西崑酬唱集，對偶字面雖工，而佳句可錄者殊少；』魏泰臨漢隱居詩話說：『楊億、劉筠作詩，務積故實，而語意輕淺，識者病之。』平心而論：西崑體專講求詩歌外形上的藝術，而忽視詩的內容，其弊自不可否認。但如果我們承認詩歌裏面也有唯美一派，如果認爲詩的技巧也是不容忽視的，那末西崑體的詩也不能說沒有一方面的成功。不過，那些西崑體的羣衆，旣乏才氣，又缺技巧，只知『堆砌典故，』至於『語僻難曉，』自然要失却詩壇的信仰和地位了。

第五章　宋詩的革新運動

宋詩的革新運動，一言以蔽之，便是反西崑詩的運動。

這次的革新運動，應該分爲兩個時期：前期是醞釀時期，後期是實現時期。

我們知道與西崑同時的詩體，尙有白體與晚唐體兩派，隸屬於這兩派的詩人，有徐鉉、王禹偁、寇準、魏野、潘閬、林逋、韓琦、范仲淹等。他們雖不曾積極地向西崑體進攻，却也不肯追步西崑體的後塵。他們在名義上雖是學白居易體、學晚唐體，實際也不是一步一趨的擬古，而能够自立風格。例如：

寇準的江南春：

「杳杳烟波隔千里，白蘋香散東風起。日落汀洲一望時，柔情不斷如春水。」

范仲淹的江上漁者：

「江上往來人，但愛鱸魚美。君看一葉舟，出沒風波裏。」

韓琦的和春卿學士柳枝詞：

「淡烟輕日簇誰家，微出青旗一道斜。對景似嫌春意老，更搖疎影掃殘花。」

這幾個都不是純粹的詩人，他們的詩却做得很好。此外如徐鉉、魏野、潘閬的作風都很不壞。不過我們在這裏所最要敘述的乃是王禹偁和林逋兩位詩人。

王禹偁字元之，鉅野人。官至知制誥。貶黃州卒。他在宋詩裏面的地位，吳之振的宋詩鈔有一段很中肯的話：「元之獨開有宋風氣，於是歐陽文忠得以承流接響。文忠之詩，雄深過於元之，然元之固其濫觴矣。」我們要明白禹偁詩在宋詩具有特殊的地位和價值，必須知道一種文體的革新，決不是三兩個人振臂一呼便可以成功的。在革新的實現以前，早已有許多遠因近因堆積在前頭作先驅了。當西崑風靡一時之際，盡人皆墮其藩籬，獨王禹偁能够別開生面，自創一格。雖不必說做後來革新的模範，却可以做革新的參考，讓後來的詩人很容易想到除了西崑也還有別的路徑可尋的上面去，讓後來的詩人也倣效他去追求新的詩體這是王禹偁對於宋詩革新最低限度的功績，雖然他沒有直接參加這種革新底運動。

在小畜集裏面，我們很能够看出王詩的成功：

『露莎烟竹冷凄凄，秋況無端入客衣。鑑裏鬢毛衰颯盡，日邊京國信音稀。風蟬歷歷和枝響，雨燕差差掠地飛。繫滯不如商嶺葉，解隨流水向東歸。』（新秋卽事）

這種律詩和西崑詩便顯然兩樣的寫法了。然而這還不能說是王禹偁的代表作。我們要在他的絕句裏面，才能够完全欣賞作者的詩的藝術：

『暖映垂楊曲檻邊，一堆紅雪罩輕烟。春來自得風流伴，榆莢休抛買笑錢。』（杏花）

『兩枝桃杏夾籬斜，粧點商山副使家。何事春風容不得，和鶯吹折數枝花。』（春日雜興）

『北山種了種南山，相助力耕豈有偏。願得人間皆似我，也應四海少荒田。』（畬田詞）

最值得注意的是末了一首語調平易實開後來宋詩的先聲。

禹偁詩的嗜好很深，宦途的偃蹇倒不在意。嘗吟『平生詩句多山水，謫宦誰知是勝遊』之句。他做詩也很用氣力，曾做一百六十韻的長詩。他的詩有人說是學白居易，有人說是學杜甫。看來他受白居易的影響似乎大些。不僅他自己對於白詩的愛好，情見乎辭；詩的風格也較近白體。不過這只是就詩的來源說，實際上王禹偁的詩並不曾被白詩完全拘曲着。

林逋字君復，錢塘人。結廬於西湖的孤山，不娶，以梅鶴爲伴，賜號和靖先生。他的詩於後來革新運動雖無很大的影響，却在全部的宋詩以外，別創一種風調，不僅與西崑體離得很遠。如其能够領略了和靖詩的那種沖澹飄逸的風致，對於西崑體的豔妝紅粉一定要作嘔的。其詩以詠梅最負盛名：

『衆芳搖落獨暄妍，占盡風情向小園。疏影橫斜水清淺，暗香浮動月黃昏。霜禽欲下先偷眼，粉蝶如知合斷魂。幸有微吟可相狎，不須檀板共金樽。』（山園小梅）

『吟懷長恨負芳時，爲見梅花輒入詩。雪後園林纔半樹，水邊籬落忽橫枝。人憐紅豔多應俗，天與清香似有私。堪笑胡雛亦風詠，解將聲調角中吹。』（梅花）

歐陽修最賞識『疎影橫斜水淸淺，暗香浮動月黃昏』一聯，而黃山谷則以爲『雪後園林纔半樹，水邊籬落忽橫枝』較勝前聯。實則，和靖詩的特色並不表現在詠梅的上面。如果我們要欣賞如梅堯臣所說的『平澹邃美，詠之令人忘百事』的和靖詩，便應該選讀和靖的五律和七絕：

『滄州白鳥飛，山影落晴暉。映竹犬初吠，弄船人各歸。水波隨月動，林翠帶烟微。寺近疎鐘起，蕭然還掩扉。』（湖村晚興）

『晚來山北景，圖畫亦應非。村路飄黃葉，人家溼翠微。樵當雲外見，僧向水邊歸。一曲誰橫笛，蒹葭白鳥飛。』（北山晚望）

『渺渺江天白鳥飛。石城秋色送僧歸。長千古寺經行了，爲到淸涼看翠微。』（送大方師歸金陵）

『蒼茫沙嘴鷺鷥眠。片水無痕浸碧天。最愛蘆花經雨後，一篷煙火飯漁船。』（秋江寫望）

據梅堯臣林和靖先生詩集敍云：『其詩時人貴重甚於寶玉，』則當代與後來的詩人，又何嘗沒有受他詩的影響呢？

王禹偁和林逋都是孤立的詩人，沒有師友來替他們標榜，因此沒有得到很高的詩譽，不能造成一種新詩派的權威，只有站在西崑體外，放射着詩人個體的光燄！

* * * * *

原詩云：『宋初詩襲唐人之舊，如徐鉉、王禹偁輩，純是唐音。蘇舜欽、梅堯臣出，始一大變。』原來王禹偁、林逋那些詩人只是消極地不做西崑體的詩，沒有聲勢，沒有羣衆，所以西崑體在詩壇還是肆無忌憚的發展；直到蘇、梅蠭起來，纔向西崑體作猛烈的進攻，作打倒西崑體的革新運動。憑着他們不斷的努力，居然把西崑的勢力漸漸廓清了去，而建設一種新詩的風氣起來。故原詩稱『開宋詩一代之面目者，始於梅堯臣、蘇舜欽二人』劉克莊也稱他們是宋詩的開山祖師。

在北宋詩人裏面，這要算是兩位最失意落拓的詩人：舜欽字子美，其先梓州桐山人，家開封。官至集賢校理監，坐事除名，廢居蘇州。買水石，築滄浪亭，發其憤懣於詩歌。後爲湖州長史，卒年僅四十一歲。（公元一〇〇八年——一〇四八年）堯臣字聖俞，宣城人。官屯田都官員外郎。他雖然活了五十九歲，（公元一〇〇二——一〇六〇年）但宦途的潦倒與蘇舜欽並沒有兩樣。歐陽修稱他

「抑於有司，困於州縣，凡十餘年年今五十，猶從辟書，爲人之佐。」（梅聖俞詩集序）

大約是『愈窮則愈工』的原因罷，在北宋許多大詩人沒有起來以前這兩位窮詩人便雙執詩壇的牛耳，號稱『蘇、梅。』

然而，這兩位齊名詩人的詩的風格又逈不相同：

歐陽修六一詩話說：『聖俞子美齊名於一時，而二家詩體特異。子美筆力豪雋，以超邁橫絕爲奇；聖俞覃思精微，以深遠閒淡爲意。各極其長，雖善論者不能優劣也。余嘗於水谷夜行詩略道其一二云：「子美氣尤雄，萬竅號一噫。有時肆顛狂，醉墨洒滂霈。譬如千里馬，已發不可殺。盈前盡珠璣，一一難揀汰。梅翁事清切，石齒漱寒瀨。作詩三十年，視我猶後輩。文詞愈精新，心意雖老大。有如妖韶女，老自有餘態。近詩尤古硬，咀嚼苦難嘬。又如食橄欖，眞味久愈在。蘇豪以氣轢，舉世徒驚駭。梅窮獨我知，古貨今難賣。」語雖非工，謂粗得其彷彿。然不能優劣之也。』

魏泰臨漢隱居詩話：『蘇舜欽以詩得名，然其詩以奔放爲主。梅堯臣亦善詩。雖乏高致，而平淡有工。世謂之蘇、梅。其實與蘇相反也。

蘇舜欽也嘗說：『平生作詩，被人比梅堯臣，可笑也。』

由這幾段話我們便很明瞭蘇、梅詩各人的特色及其不同的歧點。往下分別地來介紹他們的詩吧。

舜欽的詩，劉克莊後村詩話稱其歌行雄放於梅堯臣，軒昂不羈，如其爲人。及蟠屈爲近體，則極平夷妥帖。不錯，舜欽是很愛作豪放的長歌，如城南感懷呈永叔、吳越大旱諸篇，抒寫民間痛苦，淋漓肆放，衍爲長篇，實在是宋詩裏面不可多得的作品。

『春陽泛野動，春陰與天低。遠林氣藹藹，長道風依依。覽物雖暫適，感懷翻然移。所見既可駭，所聞良可悲。去年水後旱，田畝不及犂。冬溫晚得雪，宿麥生者稀。前去固無望，即日已苦飢。老稚滿田野，斲掘尋鳧茈。此物近亦盡，卷耳所共資。昔云能驅風，充腹理不疑。今乃有毒厲，腸胃坐瘡痍。十有七八死，當路橫其尸。犬彘咋其骨，烏鳶啄其皮。胡爲殘良民，令此鳥獸肥。天豈意如此，泱蕩莫可知。高位厭粱肉，坐論攙雲霓。豈無富人術，使之長熙熙。我今飢伶傳，閔此復自思。自濟既不暇，將復奈爾爲。愁憤多滿胸，嵥呿不能齊。』（城南感懷呈永叔）

這種詩雖不如石壕吏、新豐折臂翁之能够作客觀的寫實，但如『高位厭粱肉，坐論攙雲霓，』已有『朱門酒肉嗅，路有凍死骨』那般沈痛了。尤其在太平文學發達的宋代，這更是稀罕的作品。此外舜欽近體詩的描寫也很不壞。例如：

『行穿翠靄中絕澗落疎鐘。數里踏亂石，一川環碧峯。暗林麋養角，當路虎留蹤。隱逸何曾見，孤吟對古松。』（獨遊輞川）

『夜雨連明春水生，嬌雲濃暖弄陰晴。簾虛日薄花竹靜，時有乳鳩相對鳴。』（初晴遊滄浪亭）

『春陰垂野草青青，時有幽花一樹明。晚泊孤舟古祠下，滿川風雨看潮生。』（淮中晚泊犢頭）

堯臣詩名尤高，人稱爲宛陵先生。其爲人孤僻寡和，惟歐陽修深賞之。嘗論作詩的方法說：『詩家雖率意而造語亦難。若意新語工，得前人所未道者，斯爲善也。必能狀難寫之景，如在目前；含不盡之意，見於言後，然後爲至矣。』（六一詩話）堯臣便是本着這種理想去作詩，其成功也自不淺。如送蘇祠部通判詩『沙鳥看來沒，雲山愛後移，』送張子野詩『秋雨生陂水，高風落廟梧，』可謂狀難寫之景；又如送馬殿丞詩：『危帆淮上去，古木海邊秋，』和陳祕校詩：『江水幾經歲，鑑中無壯顏，』可謂含不盡之意。（韻語陽秋）

艇齋詩話嘗稱梅堯臣詩以一日曲、謁辭簡肅墓、大水後田家三首爲最佳；歐陽修六一詩話則稱其河豚魚詩爲絕唱。我們但覺得宛陵集裏面除此以外的好詩實在不少：

『洛水橋邊春已迴，柳條葱蒨眼初開。無人拾翠過幽渚，有客尋芳上古臺。林邃珍禽時一囀，酒酣紅日未西頹。知君最是憐風物，更約偸閑取次來。』（依韻和歐陽永叔同遊近郊）

『草木遶籬盛，田園向郭斜。去鋤南山豆，歸灌東園瓜。白水照茅屋，清風生稻花。前陂日已晚，聒聒競鳴蛙。』（田家）

『高樹蔭柴扉，青苔照落暉。荷鋤山月上，尋徑野煙微。老叟扶童望，羸羊帶犢歸。燈前飯何有？白薤露中肥。』（田家）

『鬱鬱長條抽，林間翠堪翦。背嶺山氣濃，幽人趣不淺。』（林翠）

『西南雨氣濃，林上昏月色。寒影不隨人，家家空露白。』（夏夜小亭有感）

『前時雙鴛鴦，失雌鳴不已。今更作雙來，還悲舊流水。』（雜詩）

河南王曙嘗稱梅詩云：『其詩有晉、宋遺風，自杜子美沒後二百年，不見此作矣。』歐陽修奬飾梅詩尤力，集中美聖俞者十幾四五，如『少低筆力容我和，無使難追韵高絕；』又如『嗟哉吾豈能知子，論詩賴子能指迷，』一類的詩句很多。據我們看來，梅堯臣詩雖是可貴，似還當不起這種過分的稱譽。我們不僅不應該說二百年無此作，並且還不能拿梅詩來比擬歐詩。至多我們只能承認龔嘯的話：『去浮靡之習於崑體極弊之際，存古淡之道於諸大家未起之先，』這兩句話恰如其分的表示梅堯臣在宋詩裏面的地位與價值。

末了，我們且舉兩個對於蘇、梅詩作貶損的論調，而却是極中肯的批評，作爲結論：

沈德潛說詩晬語：『宋初臺閣倡和，多宗義山，名西崑體。梅聖俞、蘇子美起而矯之，盡黜科白，蹈厲發揚，才力體製，非不高於前人，而淵涵渟濇之趣，無復存矣。』

葉燮原詩：『自漢、魏至晚唐，詩雖遞變，卽遞留不盡之意。卽晚唐猶存餘地，讀罷掩卷，猶令人屬思久之。自梅、蘇盡變崑體，獨倡生新。必辭盡於言，言盡於意。發揮鋪寫，曲折層累以赴之，竭盡乃止。才人伎倆，騰踔六合之內，縱其所如，無不可者。然含蓄渟泓之意，亦少衰矣。」

第六章　北宋詩壇的四大權威（一）歐陽修

歐陽修是宋詩革新運動裏面的領袖。

蘇舜卿和梅堯臣雖然用全力向西崑體進攻，但是因爲蘇、梅的文學不很高，力量很微，不能攻破西崑派的壁壘。到了歐陽修起來，一方面鼓吹蘇、梅的詩，替他們作有力的幫助；一方面又著爲論述，還專寫了一部六一詩話來表示自己詩的主張；同時又擡出韓愈來，作爲學詩的指歸。我們知道歐陽修是當代文壇的第一個人物，這樣賣力的向西崑施以大刀闊斧的攻擊，自然很容易的把西崑體在詩壇的勢力摧毀無餘了。

可是，我們要問：歐陽修爲什麼這樣厭惡西崑呢？如其要解答這個疑問，便得追求歐陽修整個底文學主張。

修字永叔，自號六一居士，江西廬陵人。（公元一〇〇七年——一〇七二年）這正是宋代建國未久的時候那時的文壇眞是墮落極了。葉濤有一段話說明當時文壇的情形很淸楚：

「國朝接唐五代末流文章專以聲病對偶爲工，飄剝故事雕刻破碎，甚者若俳優之辭。如楊億、劉筠輩，其學博矣然其文亦不能自拔於流俗，反吹波揚瀾，助其氣勢，一時慕効，謂其文爲崑體。時韓愈文人尚未知讀也。」

最初，歐陽修也是在這種時文裏面討生活的，及既舉進士，握得政治的地位以後，便繼着尹洙猛力的提倡復古運動，很明顯的標出韓文的旗幟以相號召。這自然決不簡單的提倡古文，一定還有更深的意義在，我們讀了蘇軾的六一居士集序便明白所謂提倡古文最高的意義：

「自漢以來，道術不出於孔氏，而亂天下者多矣。晉以老莊亡，梁以佛亡，莫或正之。五百餘年而後得韓愈。學者以愈配孟子，蓋庶幾焉。愈之後三百餘年而後得歐陽子，其學推韓愈孟子以達於孔氏……。」

「宋興七十餘年，民不知兵，富而教之，至天聖景祐極矣。而斯文終有愧於古，士亦因陋守舊，論卑而氣弱。自歐陽子出，天下爭自濯磨以通經學古爲高，以救時行道爲賢……。」

原來歐陽氏是孔子儒教道統的繼承者，既然是道統的繼承者，一切都以復古爲原則，自然非反對時文不可，自然非提倡『文以載道』的古文不可，更何況當代時文是『言之無物』的，與道無關的，而且粉飾氣很重的崑體呢？一陣狂風暴雨的運動，把文壇的反動勢力肅清了以後，其次便着力於詩的革新了。

在表面看起來，詩歌與孔氏的道統，似乎完全係兩件事，而無必然的關係。其實不然。孔子的耐下性子去刪古代小百姓們的歌謠，定下了許多『思無邪』一類的詩教，其野心便是要把詩歌也不能自外於儒教的範圍，幾千年來温柔敦厚的詩教，把詩歌在儒教底下管束得很馴服了。歐陽修著了一部詩本義便是發揮詩教的。當時的詩壇既也是時下靡靡的西崑風氣，自爲復古派所蔑視，他們自然要起來作一種革新的運動。

不過，在這次的革新運動裏面，還有兩點是值得我們注意的：

第一，歐陽修的反西崑體，並不是向西崑體的領袖楊億、劉筠進攻，也不是向晚唐詩進攻，只是指出西崑末流的流弊而施以攻擊。反過來說，歐陽氏對晚唐詩，與西崑派的領袖還是有相當的敬意。其言曰『唐之晚年詩人，無復李杜豪放之格，然亦務以精意相高。』又云：『楊大年與錢劉數公唱和，自西崑集出時人爭效之，詩體一變。而先生老輩患其多用故事，至於語僻難曉。殊不知自是學者之弊。如子儀新蟬云「風來玉宇烏先轉，露下金莖鶴未知，」雖用故事，何害其爲佳句也。』（六一詩話）

第二，歐陽修的詩境革新運動，乃是復古底革新運動。雖標榜韓愈爲模擬之鵠的，但因爲要矯正西崑體的『多用故事，語僻難曉，』所以『言多平易疎暢，』『雖語有不倫，亦不復問。』（石林詩話語）

梅堯臣有句似乎滑稽的話說：『永叔要做韓退之，硬把我做孟郊。』其實，我們只見歐陽修以韓愈爲標榜，在實際上他也不是專學韓詩。

* * * * *

歐陽修在詩壇的破壞工作已於上述，現在我們要研究歐詩的內容及其價值了。

據平常的看法，像歐陽修那末一個嚴正的古文家，又是主張文以載道的健將，而且『持正不阿，犯顏敢諫。』我們想像着這個人的詩一定是道德氣味很重，而缺乏抒情詩的意義了。卻不知這種想像是十分謬誤的。歐陽修實在是天才很高而又富有情感的一個作家。他並不像程朱一般人『戰戰兢兢』的樣子，他主張古文，完全是爲擡高自己在政治學術上的地位，因爲復古在古時實在是一種很好的投機事業。歐陽氏的眞面目實在是帶有幾分浪漫性的文人。我們讀了他的醉翁亭記，六一居士傳一類的作品便會覺察。在他的詩詞裏面，更完全不使我們覺到他是一個嚴正的古文家，而是蘊有深情的詩人詞人。他有一首自敍詩把自己的個性說得很清楚：

『余本浪漫者，玆亦漫爲官。胡然類鴟夷，託載隨車轅，時士不俛眉，默默誰與言？賴有洛中俊，日許相躋攀。飲德醉醇酎，襲馨佩春蘭。平時罷軍檄，文酒聊相歡。』

論者每稱道歐陽修的七言古詩，因爲他的七古很有些李白、韓愈式的豪邁之氣。例如贈無爲軍李道士：

『無爲道士三尺琴，中有萬古無窮音；音如石上瀉流水，瀉之不竭由源深。彈雖在指聲在意，聽不以耳而以心。心意旣得形骸忘，不覺天地白日愁雲陰。」

沈德潛說「歐陽七言古專學昌黎，」顧嗣立說：「歐陽公出，一變爲李太白、韓昌黎之詩。」話雖如此，但歐陽修自視卻決不如此之低。嘗自稱其廬山高今人莫能爲，唯李太白能之；明妃曲後篇卽太白亦不能爲，唯杜子美能之；至於明妃曲前篇，子美亦不能爲，唯吾（歐自指）能之。此雖醉後傲語，然其高視闊步之雄心，豈以昌黎自足者，劉克莊後村詩話竟謂歐公詩如昌黎，不當以詩論，眞是皮相之見了。且舉其明妃曲如下：

「胡人以鞍馬爲家，射獵爲俗。泉甘草美無常處，鳥驚獸駭爭馳逐。誰將漢女嫁胡兒，風沙無情貌如玉。身行不遇中國人，馬上自作思歸曲。推手爲琵卻手琶，胡人共聽亦咨嗟。玉顏流落死天涯，此曲卻傳來漢家。漢宮爭按新聲譜，遺恨已深聲更苦。纖纖女手生洞房，學得琵琶不下堂。不識黃雲出塞路，豈知此聲能斷腸。」（明妃曲和王介甫作）

「漢宮有佳人，天子初未識。一朝隨漢使，遠嫁單于國。絕色天下無，一失難再得。雖能殺畫工，於事竟何益？耳目所及尙如此，萬里安能制夷狄？漢計誠已拙，女色難自誇。明妃去時淚，灑向

枝上花。狂風日暮起，飄泊落誰家？紅顏勝人多薄命，莫怨東風當自嗟！」（再和明妃曲）

這兩首詩雖不必如歐陽修自譽的那般矜貴但能够不拘曲於格律，恣意的寫下去另有一種意趣，終不失爲兩首好詩。此外歐氏純粹的五言古詩也有很好的：

「四十未爲老，醉翁偶題篇。醉中遺萬物，豈復記吾年。但愛亭下水，來從亂峯間。聲如自空落，瀉向兩簷前。流入巖下溪，幽泉助涓涓。響不亂人語，其淸非管弦。豈不美絲竹，絲竹不勝繁。所以屢攜酒，遠步就潺湲。野鳥窺我醉，溪雲留我眠。山花徒能笑，不解與我言。惟有巖風來，吹我還醒然。」（題滁州醉翁亭）

歐陽修的詩以古風的篇幅爲最豐富，他不大愛作律詩。因爲他不工於雕琢的緣故，律詩也做不好。七絕卻有描寫很好的：

「紅樹靑山日欲斜，長郊草色綠無涯。遊人不管春將老，來往亭前踏落花。」（豐樂亭遊春）

「夜涼吹笛千山月，路暗迷人千種花。棋罷不知人換世，酒闌無奈客思家。」（夢中作）

這樣抒情詩意味比較濃厚的新體詩，歐陽修也不甚作。最值得我們舉例的還是擬玉臺體的幾首古樂府：

『落日堤上行，獨歌攜手曲。卻憶攜手人，處處春華綠。』（攜手曲）

『朝看樓上雲，日暮城南雨。路遠香車遲，迢迢向何所？』（雨中歸）

『連環結連帶，贈君情不忘。暫別莫言易，一日九回腸。』（別後）

『浮雲吐明月，流影玉堦陰。千里雖共照，安知夜夜心。』（夜夜曲）

『朝聞驚禽去，日暮見禽歸。瑤琴坐不理，含情復爲誰？』（落日窗中坐）

雖然是擬玉臺體，但有新的情思和韻格，很有歌謠的風味，在宋詩裏面很難讀到這種新穎的作品。只可惜歐陽修集子裏面這種詩太少了。

最後我們還舉一個對於歐詩最忠實的批評作爲這篇的結論：『歐公作詩，蓋欲出自胸臆，不肯蹈襲前人，亦其才高，不見牽強之迹。』（苕溪漁隱叢話）

第七章　北宋詩壇的四大權威（二）王安石

宋代的人物思想，無論政治家，軍人，學者，文學家，一個個都是很平常的，雖沒有什麼缺點，也就毫無特長。只出了一個怪傑王安石，把當代的沉悶的空氣很有力的掀動了一下。這一掀動可不了，頓時引起了宋人的大驚小怪，引起意外的贊許與攻擊。終竟是因為攻擊的力量大些，經過了長期的鬬爭，便把這風潮壓了下去，回復到波平浪靜的景象上來。

王安石在政治上的功罪，我們且不去計較他；若說到文學上來，我們可不能否認王安石的地位了，可不能因為反對王氏的政治主張而否認他在文學上的成績了。自然，王安石的文學造詣，成功最大的是詩歌。

安石字介甫，撫州臨川人。亦號半山。（生於公元一〇二一年，卒於一〇八六年）他與蘇軾同受知於歐陽修，歐陽修贈詩有云：『翰林風月三千首，吏部文章二百年，』可見歐陽修期許之深。然而那時少年壯氣的王安石，似乎還不屑做李白韓愈，而以孟子自許。

安石的詩，很多人說他是學杜甫的。唐子西語錄云：『荊公詩得子美句法。其詩云：「地蟠三楚大，天入五湖低。」』又苕溪漁隱詩話云：『半山老人題雙忠祠詩云：「北風吹樹急，西日照窗涼。」

細詳味之，其託意深遠，非止詠廟中景物而已。蓋巡遠守睢陽，當是時安慶緒遣突厥勁騎攻之，日以危困，所謂「北風吹樹急」也。是時肅宗在靈武，號令不行於江淮。諸將觀望，莫肯救之，所謂「西日照窗涼」也。此深得老杜句法，如老杜題蜀相廟云：「映階碧草自春色，隔葉黃鸝空好音，」亦自別有託意在其中矣。』

如其沒有別的根據，僅由上面那種牽強的說法，決不能決定安石詩就是出於杜甫。杜甫雖然在他作的老杜詩後集序很贊揚杜甫，雖然在他的杜甫畫像詩曾說『吾觀少陵詩，爲與元氣侔，』『惟公之心古亦少，願起公死從之遊，』這也不能作爲模擬杜甫的證據。同時，我們知道安石的詩，也有效張籍體的，也有效白香山體的，也有頌揚歐陽修的，也有頌揚梅聖俞的，我們當然不能因此偶然的戲效某體與頌揚某人便硬說王安石便是學他們。我們又知道執拗而矜驕的王安石，連韓愈李白也不屑爲的人，決不會低首下心去俯就杜甫的繩墨，雖然杜甫也是安石所心折的詩人。

原來王安石少年時代的詩是很放縱很恣肆的。石林詩話也說：『王荊公少以意氣自許，故詩語惟其所向，不復更爲涵蓄。如「天下蒼生待霖雨，不知龍向此中蟠；」又「濃綠萬枝紅一點，動人春色不須多，」多半治險穢。非無力潤澤焦枯，是有才之類，皆直道其胸中事。」以安石的抱負，本不僅僅是一詩人，他具有獨立的思想高敏的想像。他的議論，他的主張，往往很肆放地在詩歌裏面表現出來。例如省兵詩：

『有客語省兵，兵省非所先。方今將不擇，獨以兵乘邊。……兵少敗孰繼？胡來飲秦川。萬一雖不爾，省兵當何緣？驕惰習已久，去歸豈能田？不田亦不桑，衣食猶兵然。省兵豈無時，施置有後前。王功所由起，古有七月篇。百篇勤儉慈，勞者已息肩。游民慕草野，歲熟不在天。擇將付以職，省兵果有年。』

這簡直是一篇裁兵意見書，作者卻把牠寫成一首詩，在安石的古詩裏面，發議論詩的分量實在很多。甚至於講佛理，猜啞謎，形形色色的詩都有。

『寒時暖處坐，熱時涼處行。衆生不異佛，佛卽是衆生。』（題半山寺壁）

『人人有這個，這個沒量大。坐也坐不定，走也跳不過。鋸也解不斷，鎚也打不破。作馬便搭鞍，作牛便推磨。若問無眼人，這個是什麽？便遭伊纏繞，鬼窟裏忍餓。』（擬寒山拾得二十首）

也許這是王安石的人生哲學，但叫做詩，便有些難看了。在詩裏面發些這樣玄而又玄的議論，實在罕見。自難怪最推許安石詩的宋詩鈔的編者也要說：『獨是議論過多，亦是一病耳』了。

王安石的詩還有第二個毛病，就是喜歡竄改古人的詞句以爲己詩。這種做法在宋以前，本來就有了的，而且有些成績很好。如庾信的『永韜三尺劍，長捲一戎衣，』杜工部改爲『風塵三尺劍，社稷一戎衣，』意味便深長了；又如李嘉佑的『水田飛白鷺，夏木囀黃鸝，』王摩詰加爲『漠漠水田飛白鷺，陰陰夏木囀黃鸝，』詩的境界便美化了。到了王安石卻特別愛做這種工作，而以己意竄改古人詩。如南朝蘇子卿的梅詩『祗言花是雪，不悟有香來，』本是很好，而安石則改爲『遙知不是雪，爲有暗香來，』便點金成鐵了。（誠齋詩話）又如李白的『白髮三千丈，』則改爲『繅成白髮三千丈』；（韻語陽秋）古詩的『鳥鳴山更幽，』則改爲『一鳥不鳴山更幽；』王維的書事詩，洪覺範稱其含不盡之意，蘇子由所謂不帶聲色者也，安石乃改竄其前句『輕陰閣小雨，深院晝慵開』，改爲『山中十日雨，雨晴門始開。』這都是改得很壞而極無意義的工作。其實，即使有時改得好，如將陸龜蒙的『殷勤與解丁香結，從放繁枝散誕香，』改爲『殷勤爲解丁香結，放出枝頭自在香，』也不是值得怎樣稱述的。而王安石卻樂爲之，也是他自信大高，愛弄聰明的地方。他又喜爲集句，集中很多集古句的詩。黃山谷譏爲『正堪一笑，』實在是不錯的。

* * * * *

以上所說，都是指明王安石不正經地做詩，拿詩歌來寫文章當頭意所發生的壞處，並不是指摘王安石的作品。現在我們要進而介紹安石詩的藝術。

安石最負盛譽的詩，是他那篇桃源行：

『望夷宮中鹿爲馬，秦人半死長城下。避時不獨商山翁，亦有桃源種桃者。此來種桃經幾春，採花食實枝爲薪。兒孫生長與世隔，雖有父子無君臣。漁郎漾舟迷遠近，花間相見因相問。世上那知古有秦，山中豈料今爲晉。聞道長安吹戰塵，春風回首一霑巾。重華一去寧復得，天下紛紛經幾秦？』

論者有謂這是安石唯一的傑作，自是武斷。在安石的古風裏面，長篇的好詩還多着呢。如明妃曲便是王昭君和番文學裏面的白眉。

『明妃初出漢宮時，淚濕春風鬢脚垂。低徊顧影無顏色，尙得君王不自持。歸來却怪丹青手，入眼平生幾曾有。意態由來畫不成，當時枉殺毛延壽。一去心知更不歸，可憐着盡漢宮衣。寄聲若問塞南事，只有年年鴻雁飛。家人萬里傳消息，好在氊城莫相憶。君不見，咫尺長門閉阿嬌，人生失意無南北。』（其一）

在這兒安石不僅不用古入語議論也不發了，完全用情感和想像在篇中迴環，如『意態由來畫不成，當時枉殺毛延壽，』這些句子是全用想像結構成的。在不知經過多少文人描寫過的明妃曲中，王安石此作不能不算很好的一篇。

其次，我們要研究安石的律詩：

『綠攪寒蕪出，紅爭暖樹歸。魚吹塘水動，鴈拂塞垣飛。宿雨驚沙盡，晴雲晝漏稀。却愁春夢短，燈火著征衣。』（宿雨）

『宜秋西望碧參差，憶看鄉人禊飲時。斜倚水開花有思，緩隨風轉柳如癡。青天白日春常好，綠髮朱顏老自悲。跋馬未堪塵滿眼，夕陽偸理釣魚絲。』（金明池）

安石的律詩有幾種特色的地方。第一是，字眼用得工穩：安石作詩，一句一字都是不輕易寫下來的。例如『紫莧臨風「怯」，青苔挾雨「驕」；』『草長「流」翠碧，花遠「沒」黃鸝，』這些細微的片語隻字也是幾經思索纔寫定的。又如『青山捫虱坐，黃鳥挾書眠，』安石做成後驚喜欲狂，自以為『不減杜詩，』其實只有二句詩耳。安石之所以竄改古人詩，也是為求一句之完美，一字之妥貼的緣故。

安石用語最愛用疊字，用得最勤的是在他的五律方面。例如：

『冉冉春行暮，非非物競華。』（春日）

『剡剡風生晚，娟娟月上初。』（晚興和沖卿學士）

『渺渺林間路，蕭蕭物外僧。』（遊棲霞庵）

『擾擾今非昔，漫漫夜復晨。』（冬日）

『忽忽余年往，茫茫不自知。』（中書偶成）

『蕭蕭新犢臥，冉冉暮鴉翻。』（光宅）

『默默不自得，紛紛何所爲？』（招丁元瑜）

這種疊字的用法，安石慣例用在五律的首句，在七律裏面便不常用了。

安石律詩的第二種特色，是在對偶用典的貼切。石林詩話云：『荆公用法甚嚴，尤精於對偶。嘗云：用漢人語，止可以漢人語對。若參以異代語，便不相類。如「一水護田園綠去，兩山排闥送青來」之類，皆漢人語也。此惟公用之不覺拘窘卑凡。如「周顒宅在阿蘭若，婁約身隨窣堵波，」皆以梵語對梵語，亦此意。嘗有人向公稱「自喜田園安五柳，但嫌尸祝擾庚桑」之句，以爲的對。公笑曰：伊但知柳對桑爲的，然庚亦自是數。蓋以十干數之也。』

不錯，安石的用典對仗，實在很能精巧貼切。但這樣的巧處是沒多大意義的。有時過於雕刻，便不免令人生厭了。如『移柳當門何啻五，穿松作徑適成三，』把『五柳』『三徑』折散以顛倒成對，詩的意義全失了。怪不得張戒要說：『王介甫只知巧語之爲詩，而不知拙語亦詩也。』（歲寒堂詩話）

古詩和律詩還不足以表現王安石詩的特長，五絕和七絕纔是王安石的拿手戲。寒廳詩話云：

『王半山（安石）備衆體，精絕句；』滄浪詩話云：『公絕句最高，其得意處，高出蘇、黃、陳之上；』艇齋詩話載東湖詩云：『荆公絕句妙天下，』可見安石的絕句在當代已經負盛譽了。

『淮口西風急，君行定幾時。故應今夜月，未便照相思。』（送王補之行）

『江水漾西風，江花脫晚紅。離情被橫笛，吹過亂山東。』（江上）

『相看不忍發，慘澹暮潮平。語罷更攜手，月明洲渚生。』（離昇州作）

『欲望淮北更白頭，杖藜蕭颯倚滄洲。可憐新月爲誰好，無數晚山相對愁。』（北堂）

『荒烟涼雨助人悲。淚染衣襟不自知。除卻春風沙際綠，一如看汝過江時。』（送和甫至龍安微雨因寄吳氏女子）

『落帆江口月黃昏。小店無燈欲閉門。側出岸沙楓半死，繫船應有去年痕。』（江寧夾口）

『烏塘渺渺綠平堤，堤上行人各有攜。試問春色何處好，辛夷如雪柘岡西。』（烏塘）

『野水從橫漱屋除，午窻殘夢鳥相呼。春風日日吹香草，山北山南路欲無。』（悟眞院）

『楊柳杏花何處好，石梁茅屋雨初乾，綠垂靜路要深駐，紅寫清陂得細看。』（楊柳）

『曲沼溶溶汴盡澌，暖煙籠瓦碧參差。人情共恨春猶淺，不問寒梅有幾枝。』（即席）

少年時期的安石詩，不免浮露淺薄，已在前面說過；到了老年時期的安石詩便迥然另是一種風格了。因為政治上的失意，志氣的衰頹，人情世故看得越多，性情也含蓄了，自然去掉了少年浮薄之氣；同時感慨的懷抱變為冷淡，而藝術和修養卻更進步了。所以安石晚年的詩風格閑澹，造語工緻，而律法精嚴。

葉石林云：『王荊公晚年詩律尤精。造語用字，間不容髮。然意與言會，言隨意遣，渾然天成，殆不見有牽率排比處。如「含風鴨綠鱗鱗起，弄日鵝黃裊裊垂。」讀之初不覺對偶。至「細數落花因坐遠，緩尋芳草得歸遲，」但見舒閑容與之態耳，而字字細考之，若經概括，其用意亦深刻矣。嘗與葉致遠諸人和頭字韻詩，往反數四，其末篇有云「名譽子真矜谷口，事功新息困壺頭。」以谷口對壺頭，其精切如此。後數日復取本追改云「豈愛京師傳谷口，但知鄉里勝壺頭。」』（石林詩話）

後山詩話載黃魯直云：『荊公之詩，暮年方妙；』又云：『荊公暮年作小詩，雅麗精絕，脫去流俗，每諷味便沆瀣牙頰間。』石林詩話又載『王荊公少以意氣自許，故詩語惟其所向，不復更為涵蓄……後爲羣牧判官，從宋次道盡假唐人詩集，博觀而約取，晚年始盡深婉不迫之趣。」

漫叟詩話亦云：『荊公定林後，詩精深華妙，非少作之比。嘗作歲晚詩云「月映林塘靜，風涵笑語涼。俯窺林淨綠，小立佇幽涼。攜幼尋新的，扶衰上野航。延緣久未已，歲晚惜流光。」自以比謝靈運，議者亦以爲然。』

寒廳詩話，亦稱安石的五言可擬二謝。黃魯直則云：『然學二謝，失之巧爾。』與安石同時的文學家，如曾鞏蘇轍則僅以文章著名；（曾鞏不能詩，秦少游云：『曾子固文章妙天下，而有韻者輒不工。』）歐陽修、蘇軾則詩不及其詞；（藝苑巵言）只有王安石特以詩著，後來的詩人如黃山谷、陳師道、楊萬里輩都受他的影響不少。

第八章　北宋詩壇的四大權威(三)蘇軾

軾字子瞻，一字和仲，自號東坡居士，眉山縣人。

沒有歐陽修，決不能廓清西崑體的殘餘勢力；沒有蘇軾，決不能造成宋詩的新生命。像楊億、劉筠、錢惟演輩的專摹西崑，固然不是宋詩；李昉、徐鉉、王禹偁輩的學白體，也不是宋詩；寇準、魏野、潘閬輩的晚唐體，也不是宋詩；甚至於梅聖俞專學唐人的平淡處，歐陽修專學韓愈的古詩，又何嘗是宋詩？嚴羽云『國初之詩，尙沿襲唐人。（中略）至東坡、山谷，始自出己意以爲詩，唐人之風變矣。』（滄浪詩話）

因爲蘇黃（？）創造了比較純粹的宋詩，所以一般唐詩崇拜者都起來攻擊他們。吳喬說：『宋之最著者蘇黃，全失唐人一唱三歎之致。』（答萬季埜詩問）王阮亭也有『宋初學西崑，於唐卻近；蘇黃始變西崑，去唐卻遠』之歎！元遺山詩云：『只知詩到蘇、黃盡，滄海橫流卻是誰』這是顯然嫌蘇、黃破壞唐體了。

其實與蘇、黃同時代的詩人中，不作唐詩，而以己意出詩者，還有個王安石。不過王安石雖然自創了一種『王荆公體』，但他是個孤立無援的詩人，他影響於當代詩壇及後世詩人者，雖然有一點，但很微末。遠不如蘇軾有濟濟多材的所謂蘇門學士做他的信徒，儼然執詩壇的牛耳；後來那位黃學士山谷又創造了『江西詩派』，也是從蘇門出來的，這一來，蘇詩的權威更大了。我們如其承認江西詩派的力量支配了北宋中葉以後及南宋的詩壇，則我們便不妨說這種力量是蘇軾發出來的，更不能不承認歐陽修以後活動二百多年的宋詩的生命是蘇軾創造的了。

開闢宋詩的新園地，不讓牠永遠依附唐人籬下，這便是蘇軾唯一值得謳歌的偉大處所。以下，我們分作五節來研究蘇軾的詩。

(一)蘇軾文藝的來源；

(二)蘇軾詩的藝術；

(三)蘇軾與當代詩人；

(四)蘇軾詩的評論；

(五)蘇軾詩的分類。

* • • • •

研究蘇軾文藝的來源，也就是說明蘇軾詩的來源。

有人說蘇軾詩是學杜甫。不錯，蘇軾是很崇拜杜甫的，但是蘇軾的崇拜杜甫只是崇拜他的人格，崇拜他的忠君。軾曾說『古今詩人衆矣，而杜子美爲首豈非以其流落飢寒，終身不用，而一飯未曾忘君也歟。』（王定國詩敍）這種崇拜忠孝的心理在古代是很平常的，決不能因此便強說蘇軾是學杜甫同時他也很崇拜韓愈，卻是崇拜韓愈能『文起八代之衰；』他也很崇拜歐陽修，卻是崇拜修是『今之韓愈也，』決不是意在模擬他們的作品。我們知道蘇軾是被稱爲豪放派的詩人，有人說他的作品是曲子中縛不住者，有人說他的作品如『天風海雨逼人，』這都無非是證明蘇軾是一個不願受格律束縛的詩人。古詩人古文藝，對於他至多只能有微微的影響當他高視闊步的放吟時，早把一切都忘記了，那裏還記得去上模擬的鐐銬？

我們要發現蘇詩的來源，最好從詩人的生活史上去找吧。

蜀中的山水向來是很負盛名的，李白曾經謳頌過，杜甫曾經謳頌過，陸游范成大也曾經謳頌過。據說眉州眉山的江山尤爲秀麗，蘇軾便在這樣美麗的田園裏誕生的。他是唐詩人蘇味道之後，父親蘇洵文名甚著，軾秉受這種美好的遺傳，生長在這般錦繡的山河裏，天才和環境，便已經種下這位詩人文藝的慧根了。蘇洵因爲『痛斯文之將喪，』和自己『問學之已遲，』所以對於他的兒子幼年的教育是不曾忽視的，而蘇軾自小薰陶在這充盈了文學空氣的家庭裏面，七八歲時已很能讀書，這種幼年充分的讀書修養，便逐漸構成蘇軾文藝的基礎。及至踏入了少年時代，詩人的天才就漸漸暴露，至受當代文壇的盟主歐陽修的賞識以後，這位新進作家便名溥萬里了。

天才與環境，家庭與教育，都是適宜於蘇軾在文藝方面的發展。在三蘇當中只有蘇軾的文藝成就獨大，一方面固然是由於他具特殊的才氣，一方面更由於他有充實而豐富的生活。

生活要怎樣纔是充實豐富，本不是一個容易答覆的問題。但在文藝上所需要的生活，乃是變動的生活，情緒的生活。因爲只有變動的生活和情緒的生活纔是文藝的來源。那種住在斗方室裏面不動不變的『秀才不出門』的生活固不是文藝的生活；即那抑制情感的『戰戰兢兢』的禮教生活也不是文藝的生活。我們的詩人蘇軾活到了六十六歲（公元一〇三六年——一一〇一年）有三個兒子，十四個孫，照古話說起來，『福壽』總算是不壞。可是他卻在宦途失意，時遭貶謫，遊竄萬里，一生都在奔波流浪中，計他到過的地方，蜀中是他生長之地，沿江東下，直至蘇杭海岸。北至京師以北，南至嶺海潮惠，將中國全部繞了大半個圈子。至於中原內地，黃河之濱，延及揚子江頭，瀟湘之浦，無在沒有蘇軾的痕跡與吟詠。這在他的政治生涯上自是失意，但好處卻因此使詩人的生活能够變動，擴大了他的胸襟，繁複了他的觀感，開拓了他描寫的境界。我們看三蘇中獨蘇軾文思奇壯，氣魄沈雄，不能不說是壯闊的環境把他磨練成底。

浪漫的情感生活，本是古代文人的大忌。如杜甫、韓愈、歐陽修們都是很循規蹈矩的過道德生活，而以此鳴高。其實這全違反了文學所要求的個性與情感的自由。情感生活的結果本易流於浪漫，如飲酒、蓄妾、狎妓、狂放，但這於文學創作是無礙的，不但無礙而且有益。因爲這些浪漫的行爲往往是創作的媒介。蘇軾也是愛飲酒狎妓的一個。他很愛吃酒，有時吃酒發起狂來，把他的功名富貴都忘卻了。如『生前富貴，死後文章，百年瞬息萬世忙。夷、齊、盜跖俱亡羊。不如眼前一醉，是非憂樂兩都亡』（薄薄酒）竟變成一個享樂主義者了。狎妓的故事也是蘇軾常有的。他娶了好幾個妓女做妾。雖然他曾經說『吾似白香山，但無素與蠻』，但他卻有朝雲暮雲。（趙孟頫詞有云：『蘇學士有朝雲暮雲』）在軾自己的朝雲詩引也說：『予家有數妾，四五年相繼辭去，獨朝雲者隨予南遷』，可見軾妾至少有三個以上。）他又很愛挑戲人家的姬妾，如『流水隨絃滑，清風入指寒。坐中有狂客，莫近繡簾彈』又如『莫嫌衰鬢聊相映，須得纖紋與共回。知道文君隔青瑣，梁園賦客肯言才，』這樣的浪漫簡直把禮教蔑視到極點了。

遊歷天下名山大川，使作者的描寫開闊，文思益壯；恣情於酒與婦人，又是創作慾的強烈刺激。我們從生活的形態上面已經捉住蘇軾文藝的偉大泉源。

* * * *

蘇軾的詩在當時叫做『東坡體』。

軾詩最擅場七古。因爲他的才氣大，放吟起來，往往氣象萬千，奔迸如流，決不是三言兩語的短章所能盡意，必須長篇歌行，始能恣其磨盪迴環之趣。例如遊金山寺：

『我家江水初發源，宦遊直送江入海。聞道潮頭一丈高，天寒尚有沙痕在。中泠南畔石盤陀，古來出沒集濤波。試登絕頂望鄉國，江南江北青山多。羈愁畏晚尋歸楫，山僧苦留看落日。微風萬頃靴紋細，斷霞半空魚尾赤。是時江月初生魄，二更月落天深黑。江心似有炬火明，飛燄照山棲鳥驚。悵然歸臥心莫識，非鬼非人竟何物？江山如此不歸山，江神見怪驚我頑。我謝江

神豈得已，有田不歸如江水。』（遊金山寺）

蘇軾還有詠梅花詩也很負時譽，其中尤以『竹外一枝斜』一詩，詩話家有以爲比林和靖之『疎影橫斜水輕淺，暗香浮動月黃昏，』尤高一籌者。其詩云：

『西湖處士骨應槁，只有此詩君壓倒。東坡先生心已灰，爲愛君詩被花惱。多情立馬待黃昏，殘雪消遲月出早。江頭千樹春欲暗，竹外一枝斜更好。孤山山下醉眠處，點綴裙腰紛不掃。萬里春隨逐客來，十年花送佳人老。去年花開我已病，今年對花還草草。不知風雨卷春歸，收拾餘香還畀昊。』（和秦大虛梅花）

沈德潛云：『蘇詩長於七言，短於五言。』（說詩晬話）峴傭說詩云：『東坡能行氣，不能鍊句，故七律每走而不守。』王阮亭也說東坡『惟律詩不可學。』（一瓢詩話）蘇詩本不以律詩見長，但他的律詩卻不是沒有好的。卽如人家所最攻擊他的五律中也未嘗沒有雋品。

『雨過浮萍合，蛙聲滿四鄰。海棠眞一夢，梅子欲嘗新。拄杖閑挑菜，鞦韆不見人。慇懃木芍藥，獨自殿餘春。』（雨晴後）

蘇軾詩氣象洪闊，千意萬緒，要寫就寫，一氣呵成。本不長於瑣瑣碎碎之字句雕琢。有時刻意去雕琢，不是失之粗，便是失之纖。如所謂『豈意青州六從事，化爲烏有一先生，』完全對巧而失卻詩意了。

蘇軾的五絕也不值得我們舉例，但他的七絕卻有很多好的。

『梨花淡白柳深青，柳絮飛時花滿城。惆悵東闌一株雪，人生看得幾清明。』（和孔密州東闌梨花）

『竹外桃花兩三枝，春江水暖鴨先知。蔞蒿滿地蘆芽短，正是河豚欲上時。』（惠崇春江晚景）

『暮雲收盡溢清寒，銀漢無聲轉玉盤。此生此夜不長好，明月明年何處看？』（中秋月）

『荷盡已無擎雨蓋，菊殘猶有傲霜枝。一年好景君須記，最是橙黃橘綠時。』（贈劉景文）

『野水參差落漲痕，疎林攲倒出霜根。浩歌一棹歸何處，家在江南黃葉村。』（書李世南所畫秋景）

蘇軾繼續歐陽修主盟宋代詩壇，除了幾個老前輩的詩人外，同時的詩人大都隸屬於蘇門。如陳師道與蘇門本無淵源，而詩名甚藉，蘇軾便想羅致於門下，但師道不很馴服，軾乃多方結納之。又如晁補之本爲晚輩，因爲能詩，蘇軾乃不惜屈輩行與之交。於此可見蘇軾之矜貴詩人，亦可見其苦心孤詣的造成詩壇的大權威。

我們試把當代詩人與蘇軾的關係略述如下：

黃庭堅——蘇門學士；

秦　觀——蘇門學士；

晁補之——蘇門學士；

張　耒——蘇門學士；

陳師道——蘇門君子；

李　廌——蘇門君子；

（黃、秦、晁、張號稱蘇門四學士，加陳、李又稱蘇門六君子）

蘇轍——軾弟；

文同——軾中表。

這些詩人都是蘇軾權威的支配者，直接底受着蘇詩的影響。雖然黃庭堅詩與軾齊名，號稱蘇黃，但黃實在遠不及蘇。黃庭堅詩不僅不是獨倡，而且還受了唐詩的影響，不過以寄跡蘇門，其詩又受蘇軾詩的薰陶，故稱蘇黃。貞一齋詩話云：『黃山谷雖與同時並稱，才調迥不相及。』黃庭堅猶不能與蘇比擬，其餘諸子，自更不能與蘇軾抗衡了。

蘇軾也是和王安石一樣愛賣弄才氣的人，他因爲陶潛詩很著名，想和陶潛爭勝，（或者可以說是因爲愛潛詩的緣故）乃徧和陶詩，費了許多工夫寫成和陶詩四卷。這樣還不够他的趣味，又把陶潛的歸去來詞拆散，寫成歸去來集字十首；這樣還不够，他又很滑稽地去駁陶潛詩裏面的思想。例如問淵明：

『子知神非形，何復異人天。豈惟三才中，所在靡不然。我引而高之，則爲日星懸；我散而卑之，寧非山與川？三皇雖云歿，至今在我前。八百要有終，彭祖非永年。皇皇謀一醉，發此露欃姸。有酒醉不辭，無酒斯飲泉。立善求我譽，飢夭食饞涎。委運憂傷生，運去生亦遷。縱浪大化中，正爲化所纏。應盡便須盡，寧復俟此言。』

峴傭說詩云『東坡五古，好和韻疊韻，欲以此見長，正以此見絀，』這實在是很痛快的一個批評。其實，東坡的和陶詩也並不曾摸着陶詩的邊際。峴傭說詩又說：『陶詩多微至語，東坡學陶，多超脫語，天分不同也。』既然天分不同，東坡爲什麼不去發展自己的天分，偏要去追尋陶潛的藩籬，這自是好賣弄天才的毛病，也就是蘇詩不能超邁前人的最大原因。

還有，那種忠君的詩也是蘇詩裏面的下品。我們只要看他的贊揚杜甫詩的偉大，說是因爲『一飯未嘗忘君，』的緣故，便可見蘇軾文學主張的酸腐了。這種主張在君主制度底下本無足怪，但蘇詩便因此發生了許多不幸，如他的『三杯卯困忘家事，』本是詠酒醉的好詩句，但他卻硬湊上一句『萬斤春濃感國恩，』便不能讀了。這都是蘇詩的小疵。

末了，我們且引幾種東坡詩的評論語在下面：

貞一齋詩話：『趙宋詩家，歐、梅始變西崑舊習，然亦未詣其盛。至坡公始以其才涵蓋今古。觀其命意，殆欲兼擅李、杜、韓、白之長。各體中七古尤闊視橫行，雄邁無敵，此亦不可時代限者。』

甌北詩話：『以文爲詩，始自昌黎。至東坡益大放厥辭，別開生面。天生一枝健筆，有必達之隱，無難顯之情，此所以繼李、杜而爲一大家也。』

說詩晬話：『蘇子瞻胸有洪鑪，金銀鉛錫，皆歸鎔鑄。其筆之超曠，等於天馬脫羈，飛仙遊戲，窮極變幻，而適如意中所欲出。韓文公後又開闢一境界也。』

峴傭說詩：『東坡最長於七古，沈雄不如杜，而奔放過之；秀逸不如李，而超曠似之。又有文學以濟其才，有宋三百年，無敵手也。』

后山詩話：『東坡始學劉禹錫，故多怨刺。晚學太白，至其得意，則似之矣，然失於粗。』

又峴傭說詩：『東坡才思甚大，而有好盡之病，少含蓄也。』

這些批評都是值得我們玩味的。

蘇詩在當代不僅在詩壇裏面負盛名，其詩譽簡直傳頌外國了。蘇轍詩：「誰將家集過幽都，每被行人問大蘇。莫把文章動蠻貊，恐妨談笑臥江湖。」（神木館寄子瞻兄）可見蘇詩被宣傳之廣了。其詩卷帙甚富但被後人訛刻改竄，紊亂甚多。刊本據四庫全書提要著錄有王十朋東坡詩集註、施元之施註蘇詩、查愼行補註東坡編年詩數種。現據增刊校正王狀元集註分類東坡先生詩，將蘇詩歸納，加以簡單的分類如下。

蘇詩大體可以分爲五類，第一類是寫景詩：

(1)遊覽詩——如奉詔減決囚禁記所經歷、淮上早發、過廬山下；

(2)山水詩——如出潁口初見淮山、廬山五詠、驪山絕句、新灘阻風、漢水、夜泛西湖、虎跑泉、戲徐凝瀑布詩、仙遊潭、道者院池上作、舟中夜起；

(3)田園詩——和文與可洋州園池、食柑、招隱亭、東坡八首、種茶。

第二類是詠物詩：

(4)詠月詩——如夜行觀星、中秋月、妬佳月；

(5)詠樹詩——如塔前古檜、此君軒、荔枝歎；

(6)詠花詩——如惜花、雨中看牡丹、海棠、岐亭道上見梅花、山茶；

(7)詠酒詩——如新釀桂香酒、薄薄酒、竹葉酒；

(8)雜詠詩——如戲作放魚、異鵲、烏觜、秋詠石屏、破琴、柏石圖。

第三類是感懷詩：

(9)述懷詩——如秋懷二首、次韻子由述懷四絕；

(10)懷古詩——如和劉道原詠史、開元遺事、襄陽樂、濠州七絕；

(11)感舊詩——如和子由澠池懷舊、感舊、憶中和堂。

第四類是應酬詩：

(12)酬答詩——如次韻王誨夜坐、答李邦直、和孔君亮郎中見贈；

(13)題詠詩——如題南溪竹上小詩、題皇親扇、題文與可墨竹；

(14)寄贈詩——如寄劉孝叔、贈嶺上老人、和劉道原見寄；

(15)送別詩——如送曾子固倅越得燕字、贈別、初別子由、留別廉守；

(16)慶賀詩——如賀朱壽昌郎中得母所在。

第五類是遊仙詩：

(17)遊仙詩——夢與人論神仙道術、贈月長老、寄鄧道士。

集註分類東坡先生詩分蘇詩爲二十五卷七十八類，大概都可以歸納在上述的五類裏面。

第九章　蘇門的詩人

首先我們要說明『蘇門詩人』幾個字的觀念：

第一、所謂蘇門詩人，不過是一種親朋關係的組合，只因蘇氏是這種關係的中堅，所以叫做蘇門的詩人。蓋當時三蘇文譽甚高，一般文士都樂從之遊，眞是『一登龍門』，便『聲價十倍』的樣子。因此蘇門文士甚多，其最著者有所謂蘇門四學士，蘇門六君子之稱。可是這也只是『以文會友』的意思，完全沒有詩派的涵義；

第二、因爲蘇門詩人的組合，是親朋的關係，以文會友的意思，所以他們詩的作風也不一樣。也許他們各人都受了一點蘇軾詩的影響，但是影響不大，蘇軾那種豪放的氣魄，與蘇門詩人那般婉約的風度，是永遠不能合拍的。他們除了互相酬唱，互相激賞以外，簡直找不出兩個詩格相同的蘇門詩人來。

既然明白了所謂『蘇門』詩人，僅僅是一個簡單的關係——在這本書裏也不過是因敍述的便利取用這個題目——往下，便可以作個別的研究了。

秦觀，觀字少游，一字太虛。揚州高郵人，生於公元一〇四九年。見蘇軾於徐，爲賦黃樓，以爲有屈、宋才。王安石亦稱其詩，清新婉麗，有似鮑、謝。後蘇軾以賢良方正薦於朝，除太常博士，官至國子編修。卒於公元一一〇〇年。有淮海集四十卷。其詩最值得我們注意者，秋興九首，遍擬唐人。如擬韓退之、擬孟郊、擬韋應物、擬李賀、擬李白、擬王川子、擬杜子美、擬杜牧之、擬白樂天。其所擬詩，雖偏重模仿與技巧，亦有佳作：

『魚鱗蹙空排嫩碧，露桂梢寒挂團璧。白蘋風起吹北窗，尺鯉沉沒斷消息。燕子將雛欲歸去，

沈郎病骨驚遲暮。濃愁茫茫寄何處，萬里江南芳草路。』（擬李賀）

『不因霜葉辭林去，的當山翁未覺秋。北里酒錢煩屢索，南州詩債懶頻酬。欲歌金縷羞紅粉，擬插黃花避白頭。底事登臨好時節，等閑收拾許多愁。』（擬白樂天）

敖陶孫詩評論秦觀詩，謂如時女步春，終傷纖弱。元好問論詩絕句因有女郎詩之譏。這種貶損似乎是過分的。呂本中稱秦觀『過嶺以後詩，高古嚴重，自成一家，與舊作不同，』可見秦詩亦並非全是纖弱之病。其近體絕句，尤多雋品：

『門掩荒寒僧未歸，蕭蕭庭菊兩三枝。行人到此無腸斷，問爾黃花知不知？』（題郴陽道中一古寺壁）

『渺渺孤城白水環，舳艫人語夕霏閑。林梢一抹青如畫，應是淮流轉處山。』（泗州東城晚望）

『曉浦烟籠樹，春江水拍空。煩君添小艇，畫我作漁翁。』（題畫）

我們讀了淮海集，應該說秦觀是詞人的詩。

張耒、耒字文潛，號柯山，淮陰人。人稱爲宛丘先生。著有詩說及宛邱集七十六卷。初與秦少游同學於子瞻。子瞻謂『秦得吾工，張得吾易；』又稱『文潛容衍靖深，若不得已於書者。』其詩務爲平淡，效白樂天。楊萬里亦稱『肥仙詩自然，』肥仙者文潛之詞號也。古樂府效張籍，甚精。尤工絕句：

『亭亭畫舸繫春潭，直待行人酒半酣。不管煙波與風雨，載將離恨過江南。』（絕句）

『苕霅清秋水底天，夜帆燈火客高眠。江東可但鱸魚美，一看溪山値萬錢。』（霅溪道至四安鎮）

『相逢記得畫橋頭，花似精神柳似柔。莫謂無情即無語，春風傳意水傳愁。』（偶題）

『天寒野店斷人行，晚繫孤舟浪未平。半夜西風驚客夢，臥聽寒雨到天明。』（舟行）

『曾作金陵爛浪遊，北歸塵土變衣裘。芰荷聲裏孤舟雨，臥入江南第一州。』（懷金陵）

文潛仕至起居舍人，在蘇門學士中獨享最後的盛名。與晁無咎齊名，號稱『晁、張。』但晁氏的文學似不及文潛的爲當代所矜貴。

晁補之、補之字无咎，鉅野人。嘗作七述，敍錢塘山川人物之麗。時蘇軾亦欲有所賦，見其文，遂爲之擱筆。屈龔行與之交。元豐間舉進士，試開封及禮部別院皆第一，考官謂其文詞近世未有。張耒亦嘗言補之自少爲文，卽能追步屈、宋、班、揚，下逮韓愈、柳宗元之作，促駕力鞭，務與之齊而後已。官至吏部員外郎，禮部郞中兼國子編修實錄檢討官。後以黨論，坐貶還家。葺歸來園，自號歸來子。卒於泗州。年五十八。著有雞肋集七十卷。

『茅檐明月夜蕭蕭，殘雪晶熒在柳條。獨約城隅閑李令，一杯山芋校離騷。』（約李令）

『杖屨清晨往，緗囊薄暮歸。閑官廳事冷，蝴蝶上階飛。』（國子監暮歸）

補之的詩頗具幽婉之趣。胡仔苕溪漁隱叢話稱晁詩，謂『古樂府是其所長，辭格俊逸可喜。』其所作古律詩共得六百三十二篇。

文同，字與可，梓州梓潼人，蘇軾之中表兄弟也。自號笑笑先生。工書畫，善詩文。文彥博稱其襟韻灑落，如晴雲秋月，塵埃不到。同自謂亦有四絕：詩一，楚辭二，草書三，畫四。且云：世無知我者，惟子瞻一見識吾妙處。蘇門亦嚴重之，不與秦、張、晁同列。蘇軾出爲杭州通判時，同曾勸以『西湖雖好莫吟詩』之句，軾不能聽，致有黃州之謫。一瓢詩話云：『東坡才勝文與可，與可識過蘇東坡，』蓋指此也。

其詩宋詩鈔稱爲淸蒼蕭散，無俗學補綴氣。有孟襄陽、韋蘇州之致。

「籬巷接菰蒲，閑扉掩自娛。水蟲行插岸，林鳥過提壺。白浪搖秋艇，靑煙蓋晚厨。主人誇野飯，爲我煑新蘆。」（過友人谿居）

「晚策倚危榭，羣峯天際橫。雲蔭下斜谷，雨勢落褒城。遠渡孤煙起，前村夕照明。遙懷寄新月，又見一稜生。」（凝雲榭晚興）

「斷雲一葉洞庭飄，玉破鱸魚霜破柑。好作新詩寄桑苧，垂虹秋色滿東南。」（垂虹亭）

與可仕至太常博士集賢校理，著有丹淵集四十卷。

蘇轍、轍字子由，眉山人，軾之胞弟。晚居潁濱，自號潁濱遺老。有欒城集八十四卷。宋人稱其詩「溫雅高妙，如佳人獨立，姿態易見。」例如：

「秋來東閣涼如水，客去山公醉似泥。困臥北窗呼不醒，風吹松竹雨淒淒。」（逍遙堂）

子由文學甚高，而詩詞則不甚可誦，猶之曾鞏一樣。雖然張耒詩有云「長公波濤萬頃海，少公峭拔千尋農，」這最好是稱子由的文章，他的詩眞當不起如此的獎飾。

此外的蘇門詩人，如黃庭堅、陳師道，則因另主江西詩派，別著專章；李廌則詳詩人補誌。

第十章　北宋詩壇的四大權威(四)黃庭堅

黃庭堅是被尊爲江西詩派領袖的詩人。

庭堅字魯直，洪州分寧人。（公元一〇四五年——一一〇五年）嘗遊灊皖山谷寺石牛洞，樂其林泉之勝，因自號山谷道人。過涪，又號涪翁。蘇軾初見其詩文，便異常激賞，以爲『超軼絕塵，獨立萬世之表，世久無此作。』由是聲名始震。後以直言敢諫，屢遭貶徙。他生平在政治上也要算是失意裏面的一個。但因此卻使他肆全力於文藝的創造。他不僅能文能詩，而且善各種書法。可是最擅長的是在詩歌一方面。他自己嘗說：『庭堅心醉於詩與楚詞，似若有得，然終在古人後。至於論議文字，今日乃當付之少游及晁、張、無己。』（與秦少章書）這隱隱裏是說文章且讓他們去爭雄，詩歌便要由我獨霸了。

山谷本是蘇門的詩人，詩與蘇軾、陳師道齊名，在當時號稱『元祐體』，又號『蘇黃』，又號

『黃陳』。但後來山谷的詩譽日隆，被尊爲江西宗派的領袖以後，便獨霸詩壇的權威了。

後村詩話云：『國初詩人，如潘閬魏野，規規晚唐格調，寸步不敢走作。楊劉則又專爲西崑體，故優人有撏扯義山之誚。蘇梅二子，稍變以平淡豪俊，而和之者尙寡。至六一、坡公，巍然爲大家數，學者宗焉。然二公亦各極其天才筆力之所至而已，非必鍛鍊勤苦而成也。豫章稍後出，會萃百家句律之長，究極歷代體製之變，蒐獵奇書，穿穴異聞，作爲古律，自成一家。雖隻字半句不輕出，遂爲本朝詩家宗祖。』（江西詩派小序）

滄浪詩話云：『至東坡、山谷始自出己意以爲詩，唐人之風變矣。山谷用工，尤爲深刻。其後法席盛行海內，稱爲江西宗派。』

我們對於這位創造了一種詩派，影響於後數百年詩壇極巨的詩人，自然不能不加以詳細的論列，以下便分五段文字來研究他的詩。

（一）山谷詩的來源：　雖然這樣說，蘇、黃自出己意以爲詩，但黃山谷詩裏面的創造性實在沒有蘇軾詩創造性的強烈。因爲山谷本不是天才超絕的作家，他的詩是專憑學力養成的，所以受古文藝的影響很深。第一個給影響於山谷的是陶淵明。山谷云：淵明於詩，直寄焉耳。因爲山谷詩最遠的淵源是淵明，所以竟有人說陶淵明是江西派之祖。

第二個給影響於山谷詩的要說是杜甫。陳師道謂其詩得法杜甫，他自己也說專摹少陵。歲寒堂詩話謂：『魯直自以爲入子美之室，若中興碑詩，則眞可謂入子美之室矣。』但是歲寒堂詩話的作者接着又否認自己的話，而謂山谷並未得着子美的神髓。

『往在桐廬見呂舍人居仁，余問魯直得子美之髓乎？居仁曰然。其佳處焉在？居仁曰：禪家所謂死蛇弄得活。余曰：活則活矣，如子美「不見旻公三十年，封書寄與淚潺湲。舊來好事今能否？老去新詩誰與傳？」此等句魯直少日能之。「方丈涉海費時節，元圃尋河知有無。桃源人家易制度，橘州田土仍膏腴，」此等句魯直晚年能之。至於子美客從南溟來、朝行青泥上、壯遊、北征，魯直能到乎？居仁沈吟久之曰：子美詩有可學者，有不可學者。余曰：然則未可謂之得髓矣。』

沈德潛也說：『江西派，黃魯直太生，陳無己太直，皆學杜而未嚌其胾者，』李重華更忿忿的說：『謂江西詩祖，追配杜陵者妄也。』他們且不管黃山谷之是否得子美的神髓，但杜子美已經給了山谷詩深深的影響，總是不可否認的事實。

第三個給影響於山谷詩的要算是韓愈。四庫全書提要云：「江西詩派奉庭堅爲初祖，而庭堅之學韓愈，實自庶始之。』黃庶，山谷之父也。山谷自己也說：「詩正欲如此作，其未至者，探經術未深，讀老杜、李白、韓退之詩不熟耳。』（與徐師川書）

此外王安石也曾感化山谷的詩。山谷云：『余從半山老人得古詩句法云：春風取花去，酬我以淸陰。』（觀林詩話）

至於蘇軾，似乎與黃詩無甚淵源，雖然他倆號稱「蘇黃」而且相交很久。山谷也不甚珍視蘇詩，他說：『世有文章名一世，而詩不逮古人者，殆蘇之謂也。』（麓堂詩話）蓋二人才氣迥不相侔，故相成之關係甚淺。

（二）山谷詩的鍛鍊：　僅僅接受古作家的影響，決不能創立自己的作風，也決不能成功一個偉大的作人。經過了辛苦的鍛鍊以後的山谷詩，纔被稱爲「山谷體」，纔創立特有的作風。山谷鍛鍊自己的詩，是由於辛苦的吟詠中得來。葉夢得避暑錄話載黃元明之言曰：『魯直舊有詩千餘篇，中歲焚三之二，存者無幾，故名焦尾集。其後稍自喜，以爲可傳，故復名敝帚集。』由此可見山谷作詩的力求進步不已。其詩云：『十度欲言九度休，萬人叢中一人曉，』這便完全在苦吟中鍛鍊自己的詩了。山谷的詩因爲以學力致所以很愛在細微的地方推敲。有時或得一句，而終無好對；或得一聯，而卒不能成篇；或偶有得，而未知可以贈誰。他的論詩，有『奪胎換骨，點鐵成金』的譬喻，所以也和王安石一樣愛襲取古人詩，隨便舉幾個例子如下：

（1）山谷絕句云：草色青青柳色黃，桃花零亂杏花香。春風不解吹愁去，春日偏能惹恨長。此出於唐人賈至詩：桃花歷亂李花香，又不吹愁惹恨長。僅改五字。（誠齋詩話）

（2）山谷詩：五更歸夢三千里，一日思親十二時。此出於唐人朱晝詩：一別一千日，一日十二憶。苦心無閒時，今日見玉色。（優古堂詩話）

（3）山谷詩：平山行樂自不思，豈有竹西歌吹愁。出杜牧之詩：誰知竹西路，歌吹是揚州。（艇齋詩話）

(4)山谷詩：胸中五色線，補袞用工深。出杜牧之詩：平生五色線，願補舜衣裳。（艇齋詩話）

(5)山谷詩：人家圍橘柚，秋色老梧桐。出李白詩：人烟寒橘柚，秋色老梧桐。（藝苑巵言）

山谷自許其詩點鐵成金，但王世貞則譏其點金成鐵。在我們看來，也覺得這樣任意割裂古人的句子，縱使極工，也不能算是黃山谷的好詩。不過由此可以知道山谷詩的愛雕琢能了。

（三）山谷詩的特色：山谷詩最大的一個特色，就是『生澀瘦硬奇僻拗拙』。本來這種務爲奇僻的作品，在唐詩裏面便已經有了。杜甫詩云：『病中吾見弟，書到汝爲人。世人皆欲殺，吾意獨憐才。詩應有神助，吾得及春遊。拭淚沾襟血，梳頭滿面絲；』張籍詩云：『開門起無力，遙愛雞犬行。此地動歸思，逢人方倦遊；』盧延讓詩云：『兩三條電欲爲雨，七八個星猶在天。高僧解語牙無水，老鶴能飛骨有風。』這種詩雖異常拗拙，但在唐人則不過偶一爲之。到了黃山谷便專學這一體，而且以此造成一派的特色，雖說是對西崑體的反動，卻未免矯枉過正了。歲寒堂詩話云：『山谷只知奇語之爲詩，而不知常語亦詩也。』此語很能道中山谷詩的毛病。此外批評山谷詩奇僻的，還有幾種不同的說法：

庚溪詩話：『至山谷之詩，清新奇峭，頗造前人未嘗道處。自為一家，此其妙也。至古體詩，不拘聲律，間有歇後語，亦清新奇峭之極也。』

臨漢隱居詩話：『黃庭堅作詩得名，好用南朝人語，專求古人未使之事，又一二奇字，綴葺而成詩。自以為工，其實所見之僻也。故句雖新奇，而氣乏渾厚。』

滹南詩話：『山谷牧牛圖詩。自謂平生極至語，是固佳矣。然亦有何意味。黃詩大率如此，謂之奇峭。而畏人說破，元無一事。』

這種奇峭瘦硬的毛病，在山谷雖有之而不甚顯露，到了江西詩派的末流，便至於拗捩之極而不能卒讀了。

（四）山谷詩的一瞥：　山谷少年時代的詩還嫌造詣未深，所以山谷後來盡焚其稿，中年以後的詩風調便迥然不同以前了。論者稱其『自黔州以後，句法尤高，實天下之奇作。自宋興以來，一人而已。』這樣的批評自不免過譽，但於此可想見山谷詩在當代之被珍貴。他的古詩很有點幽咽豪邁之氣：

「人間風月不到處，天上玉堂森寶書。想見東坡舊居士，揮毫百斛寫明珠。我家江南摘雲腴，落磑霏霏雪不如。為公喚起黃州夢，獨載扁舟向五湖。」（雙井茶送子瞻）

「狂卒猝起金坑西，脅從數百馬百蹄。所過州縣不敢誰，肩輿虜載三十妻。伍生有膽無智略，謂河可憑虎可搏。身膏白刃浮屠前，此鄉父老至今憐。」（題蓮華寺）

「繫匏兩相憶，極目十餘城。積潦干斗極，山河皆夜明。白璧按劍起，朱弦流水聲。乖逢四時爾，木石了無情。」（次韻劉景文登鄴王臺見思）

山谷的律詩也有很工的，例如：

「海南海北夢不到，會合乃非人力能。地褊未堪長袖舞，夜寒空對短檠燈。相看鬢髮時窺鏡，曾共詩書更曲肱。作個生涯終未是，故山松長到天藤。」（次韻幾復和答所寄）

人人都屈伏於山谷的古詩律詩底下，而忘卻了山谷的絕句。甚至於有人說絕句乃山谷詩之玷。這實在是一個很大的錯誤。被許多人忽視的山谷的絕句，或者竟是山谷的代表作，還要高出於古詩律詩一籌，也未可知。

「四顧山光接水光，憑欄十里芰荷香。清風明月無人管，併作南樓一味涼。」（鄂州南樓書事）

「滿川風雨獨憑欄，綰結湘娥十二鬟。可惜不當湖水面，銀山堆裏看青山。」（雨去岳陽樓望君山）

「開君寺後野梅發，香蜜染成宮樣黃。不擬折來遮老眼，欲知春色到池塘。」（從張仲謀乞蠟梅）

「山色江聲相與清，卷簾待得月華生。可憐一曲並船笛，說盡故人離別情。」（奉答李和甫代簡）

「梅蕊觸人意，冒寒開雪花。遙憐水風晚，片片點汀沙。」（題畫）

山谷的絕句能夠脫下古典的衣裳，也不用拗捩的字句，成功清新活躍的抒情小詩，那裏是那種怪僻生澀的古典詩所能够比擬？我們說是山谷詩的代表作，誰曰不宜。

（五）山谷論詩及其批評：山谷爲一代詩的宗祖，其論詩的見解，自然很有影響於當代及後人，這也是我們不應該忽視的。

蠖齋詩話：『山谷言近世少年，不肯深治經史，徒取助詩，故致遠則泥。』

陳日華詩話：『黃庭堅教人學詩先讀經。不識經者，則不識是非，不知輕重，何以爲詩？』

韻語陽秋：『山谷黃魯直謂後山陳無己云：學詩如學道，此豈尋常雕章繪句者之可擬哉。』

什麽『治經史也，』『識經旨也，』『學道也，』這原來就是山谷學詩的不二法門。在他的與徐師川書，也說詩的造詣不高，是由於探經術未深的緣故。因爲山谷有這種詩應取法乎經的主張，所以攻擊山谷詩的人，也慣拿經旨來作攻擊的憑據。歲寒堂詩話云：

『孔子曰詩三百，一言以蔽之曰「思無邪」』……國朝黃魯直乃邪思之尤者。魯直雖不多說婦人，然其韻度矜持，冶容太甚，讀之足以蕩人心魄，此正所謂邪思也。』

升庵詩話也有類似的批評：

『黃山谷詩，可嗤鄙處甚多。其尤無義理者，莫如「雙鬟女弟如桃李，早年歸我第二雛」之句，稱子婦之顏色於詩句，以贈其兄，何哉？朱文公謂其多信筆亂道，宜矣。』

用道德禮教的眼光來批評詩歌本無理由，但黃山谷不好好去創作自己的詩，硬要以經史之法，來繩詩歌，發出那樣酸腐的見解，怪不得人家要『以子之矛，攻子之盾』了。

第十一章　江西詩派

什麽叫做江西詩派呢？這是我們要首先解答的一個問題。

江西詩派，或稱『江西宗派，』或簡稱『江西派，』又有稱『西江派』者。（如說詩晬話諸書，都有稱西江派者，疑傳刻之誤）當着蘇軾黃庭堅的時代，本無所謂宗派之說，更無所謂江西詩派。最初創立江西詩派這個名目的，始於呂居仁。雖然張泰來說：『大抵宗派一說，其由來已久，實不妨自呂公也。嚴滄浪論詩體，始於風雅，建安而後，體固不一。逮宋有元祐體江西體。註云元祐體即江西派。乃黃山谷、蘇東坡、陳後山、劉後村、戴石屏之詩。是諸家已開風氣之先矣。』但是這卻不是我們所要說的江西派，我們所要說的江西詩派的意義，乃是指呂居仁所作江西詩社宗派圖裏面所說江西詩派。居仁以詩著名，自言衣鉢傳自江西，作宗派圖，自黃山谷而下，列陳師道、潘大臨、謝逸、洪朋、洪芻、驍節、祖可、徐俯、林敏脩、洪炎、汪革、李錞、韓駒、李彭、晁沖之、江端本、揚符、謝薖、夏倪、林敏公、潘大觀、王直方、善權、高荷共二十五人號爲江西詩社。（按苕溪漁隱叢話有何顗而無高荷且列洪朋於徐俯之後；豫章志有高荷何顒而無何顗；小學紺珠則多一呂本中合二十六人各書略有出入不同。）

這便是文學史上所喧稱的江西詩派的由來。

凡是一個詩派的成立，必有幾個共同的色彩，來表現這個詩派的特色；否則，幾十個毫無關係的詩人，縱使聚集起來，也只能說是幾十個詩人，決不能說是詩派。如其我們用這種眼光來分析江西詩社的宗派圖，原來他們也只是二十幾個詩人不配說是詩派，更不配說是江西詩派。何以呢？我們的解答是：——

第一、詩人的籍貫不同：詩派而以江西名，我們以爲那些作者至少都是江西人，纔配叫做『江西』詩派。實則不然：據劉克莊江西詩派小序說：『派中如陳後山彭城人，韓子蒼陵陽人，潘邠老黃州人，夏均父、二林蘄人，晁叔用、江子之開封人，李商老南康人，祖可京口人，高子勉京西人，非皆江西人也。』在這二十五人的詩社裏面，據我們所知，已有半數不是江西人了。所以很有人據此以非難所謂江西詩派之說。但楊萬里卻出來替江西詩派作解釋：

『江西宗派詩者，詩江西也，人非皆江西也。』（江西宗派詩序）

果然，江西派的詩人都是師江西嗎？

第二，詩人的師法不同：江西宗派既尊黃山谷爲領袖，所謂師江西者，自然是師黃山谷。但是，他們的師法卻很不相同。江西詩社宗派圖錄云：『今圖中所載，或師老杜或師儲韋，或師二蘇，師承非一家也。』小序題韓子蒼也稱其：『學出蘇氏，與豫章不相接。呂公強之入社，子蒼殊不樂。』子蒼也說：『我自學古人。』即此可見他們的師承也並不一致，所謂『師江西』的話也說不通了。

第三，詩歌的風格不同：各人既有各人的師承，其詩的風格自然也迥異了。即替江西詩派保鑣的楊萬里，也知各人的風格不同，是掩飾不住的。他說：『高子勉不似二謝；二謝不似三洪；三洪不似徐師川；師川不似陳後山，而況似山谷乎？』宗派圖錄也說：『朱考亭云：江西之詩，自山谷一變至楊廷秀，又再變，以斯知一代之詩，未有不變者也，獨江西宗派云乎？』這雖是拿『未有不變』來替江西派掩飾，但可知江西派詩有幾種不同的風氣，並沒有相同的詩格了。

第四、詩人的文譽不同： 在表面上好像詩人濟濟的江西詩派，都是負文壇的美譽的，以盛名造成這個江西詩派。究其實也不盡然。除了他們的領袖黃山谷和陳師道詩譽很高，晁冲之、韓駒略有詩名外，其餘便都是碌碌無聞之輩了。有姓名而無詩的有何顒潘大觀；無詩可采的又有王直方及其他，可見所謂江西詩派也者，完全是個虛名，並不足以名世。

然則江西詩派的特點究何在呢？

江西詩派好的特點實在是沒有，壞的特點倒有了一個，就是學着黃山谷的『生澀瘦硬，奇僻拗拙，』而變本加厲。所以江西派的末流，詩都不能卒讀。到南宋時，便引起許多詩人的嫉視與反對了。元遺山論詩云：『論詩寧下涪翁拜，未作江西社裏人，』可見江西派不過借黃山谷的詩名以標榜，其實卻不是『山谷體』的詩了。

本來，呂居仁作宗派圖，乃是一時高興的文章，並沒有什麼精闢的見地。其中疎漏也很多。宗派圖錄云：『考紹興初，晁仲石嘗與范顧言曾裘父同學詩於居仁；後湖居士蘇養直歌詩淸腴，蓋江西之派別；坡公謂秦少章句法本黃子；夏均父亦稱張彥實詩出江西諸人；范元實曾從山谷學論；山谷又有贈晁無咎詩，執持荊山玉，要我雕琢之。彼數子者，宗派既同，而不得與於後山之列，何也？』小序也說：『同時如曾文清乃贛人，又與紫微公以詩往還，而不入派，不知紫微去取之意云何？』這兩種質問決不是呂居仁所能答覆的。

按上所述：不是宗山谷的，居仁強之入派；宗山谷的，居仁又卻之詩派之外，宗派圖之作，可謂疎漏之甚。呂居仁自己也說是少年戲作，不足以示人。卻不料脫稿後，傳誦一時，竟成爲文學史上之專門名詞，這恐怕不是作者初料所及吧。

* * * * *

『閉門覓句陳無己，對客揮毫秦少游。』

這兩句詩是黃山谷作的，無己是陳師道的字。（師道又字履常，彭城人。官至祕書省正字。卒年四十九。公元一〇五三年——一一〇一年）由此便可以看出師道作詩的用功。據我們所知道，陳師道在宋代實在是第一個講究苦吟的詩人。石林詩話載：『世言陳無己每登臨得句，即急歸臥一榻，以被蒙之，謂之吟榻。家人知之，即貓犬皆逐去，嬰兒稚子，亦皆抱持寄鄰家。』這樣駭人聽聞的作詩的癖性，誠然令人發噱，然亦可見其作詩的專心致志了。他不僅作詩時這樣艱苦，詩成功後的去取也極嚴峻。史稱其小不中意，輒焚去。因此，憑陳師道幾十年的努力，僅僅保留下來七百六十五篇詩。不過這七百多篇詩都是詩人嘔心挖血的作物。

師道初受業於曾鞏之門，後又學詩於黃庭堅。庭堅則稱其作詩，深得老杜之句法，今之詩人，莫能當也。可知師道的詩，亦非全出自黃庭堅的藩籬。四庫提要論陳詩，謂『絕句不如古詩，古詩不如律詩，律詩則七言不如五言。』我們現在且舉師道的幾首五律來作例吧：

『遠舍苔衣積，倚牆梨頰紅。地平宜落日，野曠自多風。禹迹千年後，家山一顧中。未休嗤土偶，已復逐飄蓬。』（家山晚立）

『山開兩岸柳，水遠數家村。地勢傾崖口，風濤齧石根。平林霜着色，沙岸水留痕。臘寄還鄉泣，難招去國魂。』（野望）

『綠暗連村柳，紅明委地花。畫梁初着燕，廢沼已鳴蛙。鷗沒輕春水，舟橫着淺沙。相逢千歲語，猶說一枝花。』（登燕子樓）

『山斷開平野，河回穀急流。登臨須向夕，風雨更宜秋。急急後飛鴈，翩翩不下鷗。晚舟猶小待，莫雀已深投。』（秋懷）

大約絕句以自然爲美，律詩以雕琢爲工，這是中國詩歌史上的一個大原則，如杜甫、韓愈很講究詩法，他們的絕句便不美；李白、王昌齡喜歡着快筆，他們的律詩便不工。陳師道作詩，一味苦吟而成，其成功自在講求對仗韻律的律詩方面。他拿作律詩的方法來作絕句，當然是做不來。如其我們要說也許有例外，那也只能到他的五絕裏面去找：

『過雨作秋清，歸雲放月明。入簾搖竹影，塞耳落洪聲。』（夜句）

『老樹仍孤秀，秋蟾只獨明。何須夜來雨，卻聽枕前聲。』（其二）

『短短長長柳，三三五五星。斷雲當極目，不盡遠峯青。』（其三）

陳師道也和黃山谷一樣的喜歡敲詩，而敲詩的結果又都失敗了。關於這一點，王世貞曾經很細密地把陳師道的詩指摘出來。其言曰：『有點金成鐵者：少陵有句云「昨夜月同行，」陳無已則云「勤勤有月與同歸；」少陵云「暗飛螢自照，」陳則曰「飛螢元失照；」少陵云「文章千古事，」

陳則云「文章平日事;」少陵云「乾坤一腐儒,」陳則云「乾坤着腐儒;」少陵云:「寒花只自香」,陳則云「寒花只白香,」一覽可見。』(藝苑卮言)倘若說陳師道的學老杜,是專從這些方面着手,那末,藝苑卮言已經證明陳詩完全失卻杜詩的好處了。

這種喜歡敲詩的毛病,是陳師道與黃山谷及其江西派的詩人所共有的。

後人批評陳詩者,每多誇飾。如麓堂詩話謂『陳無己詩,綽有古意興致藹然;』后山集跋則稱其『雄健淸勁,幽邃雅淡,有一塵不染之氣。』這都是値得參考的批評。

* * * * *

往下,我們繼續將其餘的江西派詩人,加以簡單的介紹:

潘大臨　字邠老,黃岡人。善屬文,尤擅作詩。自云師法杜甫,殊不甚似,蓋其高自標榜也。曾與東坡、山谷、文潛諸人遊,其詩實得句法於東坡。放翁跋云:『邠老詩妙天下。』又善書。其爲人風度恬適,殊有塵外之韻。詩亦如其人:『荻花索索水津津,日落空山開霽新。松下有人摩詰似,與渠煙火作比鄰。』(題張聖言畫)又嘗作『滿城風雨近重陽』一句,終無對語。

謝逸　字無逸，臨川人。平生不喜對書生，多從衲子遊，以布衣終其身。博學能文，尤擅詩詞。呂紫微許其詩似謝康樂，劉克莊則稱其輕快有餘，而欠工緻。詩如：『蒲芽荇帶繞清池，錦纜牽船水拍隄。好是寒煙疎雨裏，遠峯青處子規啼。』『門前楊柳暗沙汀，雨濕東風未放晴。點點落花春事晚，青青芳草暮愁生。』（晚春）有溪堂集。

謝薖　字幼槃，逸之弟也。自號竹友，不仕。以詩文媲美其兄，時稱二謝。呂紫微擬之於謝元暉，亦不甚似。其詩可以戲詠石榴晚開爲例：『靡靡江蘺只喚愁，眼前何物可忘憂。楝花淨盡綠陰滿，纔見一枝安石榴。』又如『踏遍江南岸，歸來試解衣。誰言物外質，不與筆端違。石帶蒼苔瘦，風凋折葦稀。令人清興發，欲問釣魚磯。』（題于逢辰畫）有竹友集。

洪朋　字龜父，豫章人，山谷之甥也。舉郡試第一。山谷極贊其詩句甚壯，例如：『淨盡西山日，深行江北村。琅瑲鳴佛屋，薜荔上僧垣。時雨慰枵腹，夕風清病魂。所思渺江水，誰與共忘言。』（獨步懷元中）

洪芻　字駒父，朋次弟也。舉進士，才氣筆力，超邁乃兄。但恃才而傲，頗以詩酒廢吏事。官至諫議

大夫，坐貶沙門卒於海島中。詩如：『朝踏紅塵暮宿雲，往來車馬漫紛紛。猴溪橋下潺湲水，唯有峯頭石耳聞。』（石耳峯）

洪炎　字玉父，芻之弟也。與朋、芻齊名，號稱三洪。元祐末登第，官至著作秘書少監。詩如：『桃花浪打散花樓，南浦西山送客愁。爲理伊州十二疊，緩歌聲裏看洪州。』（絕句）

饒節　字德操，臨川人。其人夙有大志，不遂。乃縱酒自晦，往往數日不醒。醉時每登屋危坐浩歌，慟哭達旦乃下。又嘗醉赴汴水，遇救獲免。其狂放有若此者。其詩甚蕭散，詞句高妙。晚年精通禪道，其贈紫微有『好貸夜窗三十刻，胡牀趺坐究幡風』之句。自號倚松道人。

祖可　字正平，丹陽人。住廬山，與善權同學詩，骨氣高邁，有東溪集。詩如：『淡龍從烟雨色，老槎牙霜嚴痕。想見湘岑落木，霧連江月昏昏。』（書性之所藏伯時木石屏）

善權　權詩名不及祖可，而自負甚高。詩如：『著鞭已驚南渡，舉扇仍避西風。耿介獨餘此老，隤然醉臥孤篷。』（奉題性之所藏李伯時畫淵明泛舟）

徐俯　字師川，分寧人，山谷之甥。其爲人磊落不羣，英才茗發，高宗篤愛其文，日置其手書日記於御案。官至端明殿學士，簽書樞密院事，權參知政事。所著有東湖集。詩如：「江漢踰千里，陰晴自一川。故山黃葉下，夢境白鷗前。巫峽常雲雨，香爐舊紫烟。布帆無恙在，速上泛湖船。」（次韻可師題于逢辰畫山水）又如：「雙飛燕子幾時回？夾岸桃花蘸水開。春雨斷橋人不渡，小舟撑出柳陰來。」（春日遊湖上）

林敏功　字子仁，蘄春人。年十六歲時，鄉薦下第，卽歎曰：軒冕富貴，非吾願也。杜門不出者三十年，屢徵不起，賜號高隱處士。其詩可以春日有懷爲例：「風高收雨急，日薄過窗微。梅蕊初迎臘，春溪欲染衣。形容今日是，遊衍昔人非。節物關愁緒，歸鴻正北飛。」

林敏修　字子來，敏功之弟也。二林俱以詩文相高，所作凡千餘篇，號松坡集。其詩如：「明窗十日復五日，出此湖光與山色。前身畫師語不妄，文侯乃是金門客。乍從雲際辨遠岫，爭數喬林誇眼力。波漂菰米歲事空，水濱枉下南飛鴻。欲投曉渡喚舟子，急槳已入昏烟中。徑思天邊問歸路，錯認江鄉舊洲渚。能傳萬里在尺素，豪奪應防卷寒雨。」（題文湖洲作山水橫軸）

汪革　字信民，臨川人。試禮部第一，分教長沙。著有清谿類稿及詩話。工於爲文，曾代滎陽公作張子厚哀詞，膾炙一時。詩尤警拔，例如：『問訊江南謝康樂，溪堂春水想扶疎。高談何日看揮麈，安步從來可當車。但得丹霞訪龐老，何須狗監薦相如。新年更勵於陵節，妻子同鉏五畝蔬。』（寄謝無逸）

李彭　字商老，南康軍建昌人。甚精釋典，被稱爲佛門詩史。其所作均富贍宏博，例如：『山雨蕭蕭作快晴，郊園物物近淸明。花如解語迎人笑，草不知名隨意生。晚節漸於春事懶，病軀卻怕酒壺傾。睡餘苦憶舊交友，應在日邊聽曉鶯。』（春日懷秦髯）

韓駒　字子蒼，蜀之仙井監人。官至祕書省正字。早歲以詩擅天下，蘇軾比之於儲光羲，又受知於黃山谷。其作詩甚推敲，有數年後尙追改者。著有陵陽詩，例如：『縣郭連靑竹，人家蔽綠蘿。地偏春事少，山迥夕陽多。暗水披崖出，輕船掠岸過。傳呼戲扶渡，吾老怯風波。』（泰興道中）

晁沖之　字叔用，一字用道，鉅野人。授承務郎，以詩擅名，有具茨集。例如：『澗道垂黃花，山城擁紅葉。人爭小舟渡，馬就平沙涉。』（龍興道中）又如『雲埋鳳林寺，浪打鹿門山。今日江風惡，郞船勸不還。』（與秦少章題鳳闕遠帆）沖之獨具詩格，蓋江西派中之白眉，呂居仁稱『衆人方學山谷，叔用獨專學老杜』，獎飾之意顯然。

夏倪　字均父，蘄州人。自府曹左官祁陽監酒。文詞富麗，尤工於詩。例如：『樸蔌復樸蔌，何以棟我屋。風雨莫輕搖，南山無老木。』（和山谷詩）劉克莊尤稱其律詩言近旨遠，可以諷味。

王直方　字立之，南州人。補承奉郎。曾著立之詩話。山谷稱其詩以韻勝，例如：『紛紛紅紫雖無韻，映帶園林正要渠。誰遣一枝香最勝，故應有客問何如。』（臘梅）

高荷　字子勉，荊南人。元祐太學生，官蘭州通判。黃山谷嘗跋其詩云：『子勉作詩，以老杜爲標準，用一字如軍中之令，置一字如關門之鍵，而充之以博學，行之以溫恭，蓋天下士也。』詩如：『少鎔蠟淚裝應似，多爇龍涎臭不如。只恐春風有機事，夜來開破幾丸書。』（臘梅）

李錞　字希聲，官至祕書丞。詩如：『九江應共五湖連，尺素能開萬里天。山杏野桃零落處，分明寒食曉風前。』（題宗室公震四時景）

江端本　字子我，陳留人，官至太常少卿。有七里先生自然菴集。詩如：『萬里江河隔，傷心九日來。蓬驚秋日後，菊換故園開。楚欲圖周鼎，湯猶繫夏台。東籬那一醉，塵爵恥虛罍。』（按這首九日詩，或云江端友所作。端本字子之，乃子我之弟也。其詩不傳。）

潘大觀　字仲達，大臨之弟。黃山谷誦其五言句，覺翰墨之氣如虹。

揚符　字信祖，著有詩集。有『吏道官官惡田家事事賢』之句。

（編者按：江西宗派詩人時代先後，各有不同，因爲敍述的便利，並爲著錄於此。至於本篇內容，則參考劉克莊江西詩派小序及張泰來江西詩社宗派圖錄二文最多）

第十二章　北宋詩人補誌

徐鉉　鉉字鼎臣，會稽人。初仕南唐，後歸宋爲檢校工部尙書。精通小學。詩學白樂天，有騎省集。詩如：『垂楊界官道，茅屋倚高坡。月下春塘水，風中牧豎歌。折花閑立久，對酒遠情多。今夜孤亭夢，悠揚奈爾何！』（寒食宿陳公塘上）又如：『淸商一曲遠人行，桃葉津頭月正明。此是開元太平曲，莫教偏作離別聲。』（又聽霓裳羽衣曲送陳君）鉉文思敏速，馮延己稱其詩：『率意而成，自造精絕。』

梁周翰　周翰字元褒，鄭州管城人。十歲能屬文詞，官至工部侍郎。卒年八十一，有集五十卷。文名甚藉，詩不甚工，蓋因習五代衰颯之風，故不能讀也。玉壺淸話載其曾有『百花將盡牡丹坼，十雨初晴太液春』之句，膾炙一時。

李九齡　九齡洛陽人，乾德五年進士第一。工詩。例如：『悠悠信馬春山曲，芳草和烟鋪嫩綠。正被離愁着莫人，那堪更過相思谷。』（過相思谷）又如：『點點漁燈照浪清，水烟疎碧月朧明。小灘驚起鴛鴦處，一雙採蓮船過聲。』（荆溪夜泊）這都可以說是九齡的代表作。

楊徽之　徽之字仲猷，浦城人。其詩極受太宗的賞識，梁周翰曾有『誰似金華楊學士，十聯詩在御屏間』的艷羡語。其詩也和周翰一樣傳染五代風氣。例如：『傍橋吟望漢陽城，山徧樓台徹上層。犬吠竹籬沽酒客，鶴隨苔岸洗水僧。疎鐘未徹聞寒漏，斜月初沈見遠燈。夜靜鄰船問行計，曉帆相與向巴陵。』（漢陽吟樹）

呂蒙正　蒙正字聖功，河南人。詩亦有名，但不甚工，例如：『入灘風急浪花飛，手把魚竿傍釣磯。自是鉤頭香餌別，此心終待得魚歸。』（讀書龍門山士室作）這已經很有點理學詩的風味了。

陳堯佐　堯佐字希元，閬中人，官至同中書門下平章事。其詩如吳江：『平波渺渺烟蒼蒼，菰蒲纔熟楊柳黃。扁舟繫岸不忍去，秋風斜日鱸魚鄉。』堯佐的絕句，好的實在不少，又如：『苕溪清淺霅

溪斜，碧玉光寒照萬家。誰向月明中夜聽，洞庭漁笛隔蘆花。」（湖州碧瀾堂）

潘閬　閬大名人，自號逍遙子。太宗時召對，賜進士第。詩效晚唐，間有五代粗獷之習。詩名甚籍，蘇軾嘗稱其夏日宿西禪詩，又稱其題資福院石井詩，不在石曼卿、蘇子美之下。劉攽中山詩話稱其歲暮自桐廬歸錢塘詩不減劉長卿。其詩云：『久客見華髮，孤櫂桐廬歸。新月無朗照，落日有餘暉。漁浦風水急，龍山烟火微。時聞沙上鴈，一一皆南飛。』閬與當時文人如王禹偁、林逋、宋白諸君，均有酬答。元之曾贈以詩云：『江城賣藥常將鶴，古寺看碑不下驢，』其爲名公所激賞如此。他的七絕也很好：『繞寺千千萬萬峯，滿天風雪打杉松。地爐火煖黃昏睡，更有何人似我慵。』（宿靈隱寺）

寇準　準字平仲，華州下邽人。累官中書侍郎，同中書門下平章事，被稱爲一代名相。著有寇忠愍公詩集三卷。四庫提要稱：『準以風節著於時，其詩乃含思悽婉，綽有晚唐之致。然骨韻特高，終非凡艷可比。』詩如春日登樓懷歸：『高樓聊引望，杳杳一川平。野水無人渡，孤舟盡日橫。荒村生斷靄，古寺語流鶯。舊業遙清渭，沉思忽自驚。』又如春雨：『散亂縈花塢，空濛暗柳堤。望迴腸已斷，何處更鶯啼！』

魏野　野字仲先，陝縣人。居陝之東郊，架草堂，有水竹之勝。無貴賤皆白衣紗帽見之。出跨白驢，好彈琴賦詩，號草堂居士。詩如：『尋眞誤入蓬萊島，香風不動松花老。採芝何處未歸來，白雲滿地無人掃。』（尋隱者不遇）

張詠　詠字後之，濮州鄄城人。官至禮部尙書。其詩列名西崑體中。曾著聲賦一首，梁周翰歎爲一百年不見此作。有乖崖集。詩如：『年來流水壞平田，客徑窮愁自可憐。汀葦亂搖寒夜雨，沙鷗閑弄夕陽天。狂嫌濁酒難成醉，冷笑淸詩不値錢。碧落故人知我否，幾回相憶上漁船。』（郊居寄朝中知己）

趙湘　湘字叔靈，原籍京兆，徙家於衢，遂爲西安人。曾官廬州。其詩散佚殆盡，四庫提要著錄湘有南陽集六卷，並稱其詩：『大抵運意淸新，而風骨不失蒼秀，雖源出姚合，實與彫鏤瑣碎務趨僻澀者迥殊。』我們雖然很少機會讀到趙湘的詩，由這幾句話也很可以明瞭他詩的風格了。

晏殊　殊字同叔，臨川人。七歲善屬文，眞宗召見，與進士並試，授筆立成，賜同進士出身，官拜集賢殿學士，同中書門下平章事，兼樞密使。范仲淹、歐陽修皆出其門。卒謚元獻，有文集四十卷。詩如：

「油壁香車不再逢，峽雲無跡任西東。梨花院落溶溶月，柳絮池塘淡淡風。幾日寂寥傷酒後，一番蕭索禁煙中。魚書欲寄何由達，水遠山長處處同。」（寓意）此外還有一首七夕的描寫也很好：『百子池深漲綠苔，九光燈迴照浮埃。天孫寶駕何年駐？阿母飈輪此夜來。空外粉筵和霧溼，靜中珠幌徹明開。秋河不斷長相望，豈獨人間事可哀！

張先　先字子野，烏程人。天聖八年進士，官至都官郎中，有安陸集。他雖是一詞人，詩也很好，蘇軾跋其詩說：『子野詩筆老妙，歌詞乃其餘技耳。』葉夢得也說：『俚俗多喜詠先樂府，遂掩其詩聲』。實在張先的律詩與樂府都很能做，不過篇幅散佚太甚，我們難窺全豹罷了。詩如：『積水涵虛上下清，幾家門靜岸痕平。浮萍破處見山影，小艇歸時聞草聲。入郭僧尋塵裏去，過橋人似鑑中行。已憑暫雨添秋色，莫放修蘆礙月生。』（題西溪無相院）

蔣堂　堂字希魯，宜興人。官至禮部侍郎。宋史本傳稱其『好學工文詞，尤嗜作詩。』胡宿神道碑稱其『有高情富清藻，多所綴述，尤邃於詩。其間所得，往往清絕。』著有春卿遺稿。詩如：『秀野亭連小隱堂，紅蕖綠篠媚滄浪。卞山居士無歸意，欲借吳儂作醉鄉。』（過葉道卿侍讀小園）堂為人甚有賢德，鄉人皆以君子稱之。卞山居士蓋其自號也。

夏竦　竦字子喬江州德安人。官拜同中書門下平章事。東軒筆錄稱其『自少好讀書，工爲詩，一日擕所業伺宰相李文靖公沆退朝，拜於馬首而獻之。文靖讀其句，深愛之。』竦之爲人實無可取，而其作品則詞藻贍逸，風骨高秀。著有文莊集。詩如：『海鷗橋邊春水深，略無塵土到花陰。忘機不管人知否，自有沙鷗信此心。』（題睢陽）又如『年光過眼如車轂，職事羈人似馬銜。若遇琵琶應大笑，何須涕泣滿青衫。』由這些例子，我們可以看出夏竦詩在初宋裏面實在另有風味。

宋庠　庠字公序，初名郊，字伯庠，安州安陸人。爲晏殊的門人。官至樞密使。著有宋元憲集。侯鯖錄稱：『宋莒公兄弟少作落花詩，爲時膾炙。』且舉庠的落花詩爲例：『一夜春風拂苑牆，歸來何處剩凄涼。漢皐佩冷臨江失，金谷樓危到地香。淚臉補痕煩獺髓，舞台收影費鸞腸。南朝樂府休賡曲，桃葉桃根盡可傷。』

宋祁　祁字子京，庠之弟也。累官龍圖閣學士，與歐陽修同修唐書。書成，遷左丞，進工部尚書。與兄庠齊名，號稱大宋、小宋。四庫提要以擬唐之燕許。庠有沈博之氣，而祁多新警之思，皆晚唐體也。詩如集江瀆池：『飛檻枕溪光，歡言客遍觴。暫雲消樹影，驟雨發荷香。辛臼橙齏熟，庖刀膾縷長。蘋風如有意，盈袵借浮涼。』陳振孫書錄解題稱『景文清約莊重，不逮其兄，』（景文，祁之諡號）此語誠然。但言乎流麗則乃兄又不及祁矣。其落花詩『將飛更作回風舞，已落猶成半面妝』之句，蓋詩中濃麗之至者。

胡宿　宿字武平，常州晉陵人。官至樞密副使，以太子少師致仕，諡曰文恭。工於四六駢偶之文，其五七言律詩，波瀾壯闊，聲律鏗鏗。例如：『兩岸山花中有溪，山花紅白徧高低。靈源忽若乘槎到，仙洞還同採藥迷。二月辛夷猶未落，五月鶗鴂最先啼。茶煙漁火遙堪畫，一片人家在水西。』（過桐廬）宿之律詩，最工七言。有文恭集。

韓琦　琦字稚圭，相州安陽人。官至右僕射，郎中，歷相三朝，功在社稷。生平不以文章著名，間常爲之，皆甚工。有安陽集。詩如：『曲江風暖曉陰斜，翠色相宜拂鈿車。自是春眠慵未起，日高人困又飛花。』（再賦柳枝詞）又如『畫橋南北水連天，纔聽鶯聲又晚蟬。長使離魂容易斷，春風秋月自依然！』（和春卿學士柳枝詞）讀來清巧婉轉，大有詞的風調。

范仲淹　仲淹字希文，吳縣人。官至樞密副使，進參知政事。有文正集。其詩如感歎：『治亂與衰甚可嗟，徒憐水調訴榮華。開元盛事今何在，尙有霓裳寄此花。』仲淹以國士而兼文人，故其作品頗多關心治亂之感。

司馬光　光字君實，陝州夏縣涑水鄉人。繼王安石爲相，卒贈太師溫國公，諡文正。著資治通鑑爲著名的史學要籍。世稱涑水先生。詩如：『午夜空齋四悄然，淸寒透骨不成眠。秋風故揭疎簾起，正漏月華來枕前。』（靜夜）光有詩十四卷，然並不以此見長也。

文彥博　彥博字寬夫，介休人。歷仕四朝，爲將相五十餘年，名聞中外。年九十二，卒贈潞國公。其詩如：『鼓吹盡私蛙，蒿蓬將徑斜。梧高惟待鳳，柳密只容鴉。度暑巾裁縠，迎涼帳卷紗。茂陵無那渴，猶有鎭心瓜。』（閑齋有作）蘇軾云『潞公長律無一字無考據』在我們看來則縱使每一字都有考據，也不見得能增加文彥博詩的價值吧。

呂夷簡　字坦夫，先世萊州人，改居壽州。官至同平章事，封許國公。詩如『往來遊海嶠，上徹最高層。雲外疑無路，山中忽見僧。虎蹲臨澗石，猿掛半巖藤。何日拋龜紐，孤岸上再登。』（重遊鴈山）

葉清臣　清臣字道卿，長洲人。累官翰林侍讀學士，擢三司史，出知河陽。卒贈諫議大夫。詩如：『柴門走縣封，窮途秋耿耿。急雨帶溪聲，殘燈背窗影。驅馳下士身，淒涼旅人景。山寒夢不成，愁多知夜永。』（山寺獨宿）

趙抃　抃字閱道，衢之西安人。召爲殿中侍御史，號鐵面御史。卒贈太子少師。其詩觸口而成，工拙隨意，而清蒼鬱律之氣，出於肺腑，有清獻集。詩如：『澄江抵練長，極目路滄茫。烟芷差差綠，風荷柄柄香。西流終古恨，南浦鎮時忙。擬待傳辭意，離人在楚鄉。』（和何節制觀水）

余靖　靖字安道，韶州合江人。官至祕書丞，充集賢校理，天章閣待制。有武溪集，詩一百二十首。其詩堅鍊有法。例如：『野館蕭條晚，憑軒對竹扉。樹藏秋色老，禽帶夕陽歸。遠岫穿雲翠，畬田得雨肥。淵明誰送酒，殘菊繞牆飛。』（山館）余靖與歐陽修相交甚厚，修倡復古，靖和之，故其所作，頗有艱澀之累。然在元祐以前，亦不失爲一作家也。

石介　介字守道，兗州奉符人。嘗躬耕徂徠山下，人以徂徠先生呼之，有徂徠集。他深恨五代以後的文格卑靡，因作怪說以刺楊億所倡的西崑體。歐陽修之復古運動，石介預有大力，王士禎池北偶談稱其『倔強勁質，有唐人風。較勝柳、穆二家，而終未脫草昧之氣。』此蓋專論其文也。其詩如：『山驛蕭條酒倦傾，嘉陵相背去無情。臨流不忍輕相別，吟聽潺湲坐到明。』（泥溪驛中作）介作詩多古風樂府，這種抒情小詩，在徂徠集裏面實在是很稀罕的。

孔文仲：文仲字經父，臨江新喻人。嘉祐六年進士，官至中書舍人。與弟武仲、平仲有清江三孔集。詩如：『客興謂已且，出覘見落月。瘦馬入荒陂，霜花重如雪。海風吹萬里，兩耳凍幾脫。歲晏已苦寒，近北尤凜冽。況當清曉行，遡此原野闊。笠飛帶繞頭，指直不得結。農家煙火微，炙手粗可熱。豈能迂我留，而就苟且活。仰頭視四宇，夜氣亦漸豁。苦心待正晝，白日想不缺。』（早行）

孔武仲　武仲字常父，亦新喻人。卒年五十七。其詩以幽峭勝。例如：『上坂車聲遲，下坂車聲快。遲如鬼語相喧啾，快如溪沙瀉鳴瀨。一車八十捧擁行，江南江北不計程。青天白日有時住，無人止得車輪聲。晚來驟雨聲濯濯，平曉郊原盡溝壑。方悟車家進退難，不如田家四時樂。』（車家行）

孔平仲　平仲字毅父，武之弟。其詩夭矯流麗，奄有二仲。例如落花：『嶺南冬深花照灼，比至春初花已落。乘閒攜酒到西園，鳥散蜂歸春寂寞。江南此際春如何，紅杏海棠開正多。歸期不及春風日，猶見池塘著綠荷。』或謂平仲之詩可擬劉長卿，此語實爲皮相，平仲之豪邁蓋有似於李白者，惜無大才氣以負之耳。

張方平　方平字安道，宋城人。官至參知政事。自號樂全居士，因以名其集。詩如：『可憐萍梗飄蓬客，自歎匏瓜老病身。從此空齋挂塵榻，不知重掃待何人？』（送蘇子由監筠州酒稅）

蔡襄　襄字君謨，莆田人。官至龍圖閣學士。詩如：『綽約新嬌生眼底，侵尋舊事上眉尖。問君別後愁多少，得似春潮夜夜添。』（書小樓壁上）又如『庭樹疎疎河漢低，瓦溝霜白月平西。寒鴉不奈單棲苦，落泊驚飛到曉啼。』（宿漁梁驛）都是很好的小詩。

黃庶　庶字亞夫，分寧人。慶歷二年進士，仕至攝知康州。江西詩派領袖黃庭堅之父也。四庫提要云：『江西詩派奉庭堅爲初祖，而庭堅之學韓愈，實自庶倡之。……集中古體諸詩，並戛戛自造，不蹈陳因，雖魄力不及庭堅之雄闊，運用古事，鎔鑄剪裁，亦不及庭堅之工巧，而生新矯拔，則取徑略同。先河後海，其淵源要有自也。』這一段議論是很平允的，我們且看他的詩：『蘆花一股水，弭棹日已暮。山閑問雞犬，無人見煙樹。行逐羊豕跡，始識入市路。菱芡與魚蟹，居人足來去。漁家無鄉縣，滿船載

稚乳。鞭笞公私急，醉眠聽秋雨。』（宿趙屯）

蘇頌　頌字子容，南安人，徙居丹陽縣，官右僕射兼中書門下侍郎，進太子太保。詩如：『三尺冰紈一絕詩，翩翩車馬送行時。尊前懷古閑開卷，看盡關山遠別離。』（和題李公麟陽關圖）著有蘇魏公集。

王珪　珪字禹玉，華陽人。官至尚書左僕射門下侍郎，封岐國公。其文章多富貴氣，蓋其少擢高科，以文章致位通顯，詞人榮遇，罕有其比，故所作多博贍瓌麗，另成一家。其詩亦以富麗爲主，王直方詩話載時人有『至寶丹』之目，以好用金玉錦繡字也。有華陽集。詩如：『六朝遺跡此空存，城壓滄波到海門。萬里江山來醉眼，九秋天地入吟魂。於今玉樹悲風起，當日黃旗王氣昏。人事不同風物在，悵然猶得對芳樽。』（再登賞心亭）其作風於此可見一斑。

劉敞　敞字原父，新喻人。慶曆六年進士第二，累遷知制誥，拜翰林學士，改集賢院學士，制南京御史。有公是集，古詩二十卷，律詩十五卷。曾肇稱其經術文章，追古作者；朱熹稱其文才思極多，絕似古人。其詩如『涼風響高樹，清露墜明河。雖復夏夜短，已覺秋氣多。艷膚麗華燭，皓齒揚清歌。臨觴不

作意，奈此粲者何。』（夏夜）又如：『小樓西望那人家，出樹香梢幾樹花。只恐東風能作惡，亂紅如雨墮窗紗。』（桃花）

陳襄　襄字述古，侯官人。官侍御史，後以侍讀判尚書都省卒。其爲人言行皆以古人爲法，司馬光蘇軾等皆其推薦。號稱古靈先生，有古靈集。詩甚平淡，非輕豔者可比。例如：『春陰漠漠燕飛飛，可惜春風與子違。半嶺烟霞紅旆入，滿湖風月畫船歸。緱笙一闋人何在，遼鶴重來事已非。猶憶去年離別處，鳥啼花落客霑衣。』（和子瞻沿牒京口憶西湖出遊見寄）

劉攽　攽字貢父，號公非，敞之弟也。官至中書舍人。其人強學博敏，超絕一世；詞章典雅，工於摹倣。著有彭城集。詩如詠史：『自古邊功緣底事，多因嬖倖欲封侯。不如直與黃金印，惜取沙場萬髑髏』；別茶嬌『畫堂銀燭徹宵明，白玉佳人唱渭城。唱盡一杯復起舞，關河風月不勝情！』

鄭俠　俠字介夫，福清人。有西塘集。爲人伉直，以進流民圖反王安石的新法著名，其詩的樸質亦如其人。例如：『偶因送客上西樓，共愛佳城枕海陬。雁翅人家千巷陌，犬牙商泊數汀州。風吹細雨乘秋淨，雲漏疎星帶水流。獨有單親頭早白，迢迢東望不勝愁！』（同子忠上西樓）

王令　令字逢原，廣陵人。他要算是宋代詩人中最短命的一個，年僅二十八，便被摧殘了。其詩卷帙雖不甚富，然好詩也不少，例如春遊：『春城兒女縱春遊，醉倚層臺笑上樓。滿眼落花多少意，若何無個解春愁？』江上：『冪冪荒城沒遠烟，暮雲歸簇忽相連。春江流水出天外，晚渡歸舟下日邊。杳蕚春深翻淺纈，柳花風遠聚晴綿。無錢買得江頭樹，輸與漁人繫釣船。』這位作家『少年的風味』很重——宋人詩大都正經莊嚴，老氣橫秋，很缺乏少年風味——但天不假以長年，未能完成他的偉大，這自是很可痛惜的。

韓維　維字持國，開封雍邱人。以蔭入仕，元祐初，拜門下侍郎，以太子少傅致仕，年八十二歲。石林詩話謂：『韓持國雖剛果特立，風節凜然，情致風流，絕出時輩。』有南陽集。其詩深遠不及聖俞，溫潤不及永叔，然古淡疎暢，故足爲兩家之鼓吹。詩如『細蓓繁英次第開，攀條盡日未能回。不如醉臥春風底，時使清香拂面來。』這首酴醾花詩在當代是很有名的。又如：『雨滴菴上茅，風亂窗前竹。繁聲互入耳，欲寐不得熟。緬懷田舍翁，石徑滑馬足。連山暗秋燈，一路何處宿。』（寄孔寧極）

強至　至字幾聖，錢塘人。慶曆進士，終祠部郎中。著韓忠獻遺事，有祠部集三十六卷。其文章簡古，力追古人，詩則沈鬱頓挫，氣格頗高，四庫提要謂其在北宋諸家中，可獨樹一幟。例如：『春風那復繫狂遊，朝醉桐江暮柳州。大手千篇隨地掃，一身四海逐雲浮。榮名不落閑宵夢，退築聊爲晚歲謀。老橘殘鱸猶有興，片心還起洞庭舟。』（賈驎自睦來杭將復如蘇戲贈絕句）

陳舜俞　舜俞字令舉，烏程人。慶歷六年進士，嘉祐四年登制科，官至都官員外郎。嘗居秀州之白牛村，自號白牛居士。著有廬山記，都官集。其詩多貶謫之後所作，氣格蕭疎，皆自抒胸臆之言。例如：『活活飛泉清繞石，悠悠天幕翠鋪空。是非分付千鐘裏，日月銷磨一醉中。柳絮任飄荒徑畔，菊花仍在舊籬中。水光山色年年好，尙使遊人想素風。』（淵明醉行）

沈遘　遘字文通，錢塘人。以蔭爲郊社齋郎。皇祐元年舉進士第一，以已官者不應先多士，改第二。終翰林學士。有西溪集。其詩清俊流逸，不染俗韻。例如題揚州山光寺：『馬蹄輕蹙柳花浮，醉入淮南第一州。不是青樓羞薄倖，自緣無錦不纏頭。』又『高臺已傾曲池平，隋家宮殿春草深。千年往事何足歎，廣陵非復舊時城。』

祖無擇　無擇字擇之，上蔡人。登進士第。官至龍圖閣學士。其人貌甚寢，娶妻徐氏有姿色，後覓以此離婚。著有龍學文集。孫復與穆修之門人也。詩文均有名。詩如：『數載天涯別，年來不定居。扁舟忽相値，孤抱信何如？公幹猶多病，孝先仍嬾書。人生從坎壈，客意且躊躇。淡薄市橋酒，鮮肥江岸魚。』（途次金陵逢同年沈五判官）

范純仁　純仁字堯夫，范仲淹之次子也。嘗從胡瑗、孫復學。累官尙書僕射，中書侍郎。徽宗立除觀文殿大學士。有忠宣文集。詩如：『合友逢佳節，擕尊泛碧流。溪風消酒力，烟樹入春愁。擘鴨開波練，疎雲透月鉤。平生懷古意，最羨五湖遊。』（寒食日泛舟）

周敦頤　敦頤字茂叔，道州人。知南康軍，因家廬山蓮花峯下。胸懷灑落如光風霽月。著太極圖說及通書。蓋宋代理學派之開山祖也。世稱濂溪先生，其文集有周元公集。詩歌也有很好的，例如：『花落柴門掩夕暉，昏鴉數點傍林飛。吟餘小立闌干外，遙見漁樵一路歸。』（題春晚）又如：『三月僧房暖，林花互照明。路盤層頂上，人在半空行。水色雲含白，禽聲谷應清。天風拂巾袂，縹緲覺身輕。』（同宋復古遊大林寺）周子的詩毫無理學派的酸腐氣，自有一種幽趣，決不是理學派的詩可比。

邵雍　雍字堯夫，范陽人。神宗時，以著作郎徵之，不至。名所居曰安樂窩。其安樂窩詩云：『半記不記夢覺後，似愁無愁情倦時。擁衾側臥未欲起，簾外落花撩亂飛。』著有擊壤集。詩以平易爲主，然不脫理學臭味，致寫下很多無味的詩。例如：『我今行年四十五，生男方始爲人父。鞠育教誨誠在我，壽夭賢愚繫於汝。我若壽命七十歲，眼前見汝二十五。我欲願汝成大賢，不知天意肯從否？』（生男吟）這自然不能說是詩了。在擊壤集裏面像安樂窩那樣的詩實在是很缺乏的。

鄭獬　獬字毅夫，安陸人。官拜翰林學士，權知開封府。初受知於劉敞，以爲皇甫湜之文。有鄖溪集。其詩最擅長於絕句，尤工七絕，例如：『嫩綠輕紅相向開，一番走馬探春回。青衫不管露痕溼，直入亂花深處來。』（代探花郎一絕）又如：『千重越甲夜城圍，戰罷君王醉不知。若論破吳功第一，黃金只合鑄西施。』（蠡口）鄭獬雖不是一個很有名的詩人，但如他這樣的七絕，實可擬於北宋名家詩而無愧。

李清臣　清臣字拜直，魏人。官歷尙書右丞，徽宗朝拜門下侍郎。有淇水集。詩如：『八尺方牀織白藤，含風漪裏睡夢騰。若無萬里還家夢，便是三湘退院僧。』（絕句）

蘇洵　洵號明允，眉山人。他是一個大古文家，不以詩著名。然其詩也未始沒有好的。例如：『幽

居少塵事，瀟灑似江村。苔蘚深三徑，良冠盛一門。嶺雲時聚散，湖水自清渾。世德書芳史，傳家有兒孫。』（涵虛閣）

曾鞏　鞏字子固，建昌南豐人。官至中書舍人。這是一位著名不能詩的文學家。秦觀是稱『子固文章妙天下』的人，也說他的詩不可讀。其實，說鞏不長於詩則可，說不能詩則不可。他曾有『雲亂水光浮紫翠，天含山氣入青紅』的名句。在他的詩裏面好的作品實在不少。例如：『行歌紅粉滿城歡，猶作常時五馬看。忽憶使君身是客，一時揮淚逐金鞍。』（將行陪貳車觀燈）又如『亂條猶未變初黃，倚得東風勢便狂。解把飛花蒙日月，不知天地有清霜。』（詠柳）誰說曾鞏不能詩呢？

孫復　復字明復，平陽人。官至殿中丞。他是一位經學家，詩亦不甚有名。著有孫明復小集。詩如：『銀漢無聲露欲垂，玉蟾初上欲圓時。清樽素瑟宜先賞，明日陰晴未可知。』（八月十四夜月）

李覯　覯字泰伯，建昌南城人。皇祐初以薦授太學助教，終海門主簿，太學說書。有直講李先生集。也是一位學者，並非詩人。其詩如：『他人工字書，美好若婦女。猗嗟顏太師，赳赳丈夫武。麻姑有遺碑，歲月亦已古。硬筆可破石，鐫者疑虛語。驚龍索雷鬪，口唾天下雨。怒虎突圍出，不畏千強弩。有海珠已求，有山玉易取。惟恐此碑壞，此書難再覯。安得同寶鎭，收藏在天府。自非大祭時，莫教凡睛覯。』（魯公碑）這首詩本無什麽意思，但可看出李覯詩一股雄放之氣。

蔣之奇　之奇字穎叔，宜興人。官至同知樞密院事，除觀文殿學士。詩如：『盡日行荒徑，全家出瘴嵐。鮑娘詩句好，今夜宿江南。』（和鮑娘題兌溪驛）

程顥　顥字伯淳，洛陽人。官至監察御史。後人稱爲明道先生，也是一位大理學家。著定性書很有名。他的詩大多數也是不可以讀的，如『曉日都門颭旆旌，晚風鐃吹入三城。知公再爲蒼生起，不是尋常刺史行。』（送呂晦叔赴河陽）如此詩意，眞是令人作嘔。但偶然也有好詩，例如：『南去北來休便休，白蘋吹盡楚江秋。道人不是悲秋客，一任晚山相對愁。』（題淮南寺）不過這種詩很少罷了。

程頤　頤字正叔，洛陽人。顥之弟也。著易傳及春秋傳。時號伊川先生。他的詩也和程顥那般道德論的詩一樣不堪領教。例如：『至誠通聖藥通神，遠寄衰翁濟病身。我亦有丹君信否，用時還解壽斯民。』（謝王佺期寄藥）

張載　載字子厚，居鳳翔之橫渠鎮，學者稱橫渠先生。也是一位理學家。其詩如：『兩山南北雨冥冥，四牖東西萬木靑。面似枯髏頭似雪，後生誰與屬遺經?』（絕句）這可以說是打油底理學詩，

馮山　山字允南，初名獻能，安岳人。嘉祐二年進士，官至禮部郎中。有馮安岳集。其詩平正條達，無剪紅刻翠之態。例如：『傳聞山下數株梅，不免車帷暫一開。試向林梢親手折，早知春意逼人來。何妨歸路參差見，更遣東風次第催。莫作尋常花蘂看，江南音信隔年回。』（山路梅花）

朱長文　長文字伯原，其先越州剡人，家吳郡。官至祕書省正字兼樞密院編修。築室郡西表曰樂圃，鄉人稱爲樂圃先生。以疾不仕，仁義聞於鄉里。有樂圃文集。與徐積齊名，號稱徐、朱。然文章的造詣，則各有不同。其詩如：『何必襄陽孟浩然，苦吟自可繼前賢。虎邱合去十二度，熊軾再遊三百年。雲閣爲君追舊額，雲裳從古播朱弦。此行不減唐人樂，暢飲惟無八酒仙。』（奉陪太守諸公遊虎邱）

劉弇　弇字偉明，安福人。元豐初舉進士，繼中博學宏詞科。官太學博士。元符中進南郊大禮賦，哲宗稱爲相如、子雲復出。有龍雲集。詩如：『十十五五跳波魚，三三兩兩踏歌姝。前山後山碧一色，似不多媿瀟湘圖。』（蓮花峯法雲卽事）

米芾　芾字元章，號鹿門居士，又稱海嶽外史，襄陽人。累官禮部員外郎。長於書翰，得王獻之筆意。善畫人物山水，獨成一家。世稱米南宮。是書畫家而兼詩人者，有寶晉英光集，蓋寶晉其齋名，英光其堂名，合二名以名其集也。岳珂序芾集引思陵翰墨志曰：『芾之詩文，語無蹈襲，出風煙之上，覺其詞翰，同有凌雲之氣。』（按四庫提要謂今本思陵翰墨志不載此語）詩如：『六代蕭蕭木葉稀，樓高北固落殘暉。兩州城郭青烟起，千里江山白鷺飛。海近雲濤驚夜夢，天低月露溼秋衣。使君肯負時平樂，長倒金鍾盡醉歸。』（甘露寺）能夠寫出這樣的詩，自然難怪他不肯拜服於王安石、蘇軾之下了。在北宋，米芾眞要算一個多才多藝的文人。

楊傑　傑字仲公，無爲人。嘉祐進士，官至禮部員外郎。自號無爲子，有無爲集。嘗與歐陽修、王安石、蘇軾諸人遊。四庫提要稱『其詩雖興象未深，而亦頗有規格。其率易者近白居易；其偶爲奇崛，如送李辟疆之類者，或偶近盧仝；其大致則仍元祐體也。』詩如二妃廟：『黃陵二妃廟，客過動愁顏。湘水有時盡，帝車何日還？血斑千畝竹，魂斷九嶷山。欲問蒼梧事，白雲生棟間。』

劉摯　摯字莘老，東光人，家東平。官歷門下侍郎尚書右僕射，觀文殿學士。有忠肅集二十卷。其詩湖上口號可爲一例：『綠荷深不見湖光，萬柄淸風動晚涼。莫恨細葩猶未爛，葉香原是勝花香。』

沈括　括字存中，錢塘人。或謂爲遘之從弟。累官太子中允，提舉司天監，轉太常丞。其人博學多能，於天文、方志、律曆、音樂、醫藥、卜算，無所不通。著有夢溪筆談，長興集。詩如：『新秋拂水無行跡，夜夜隨潮過江北。西風卷雨上半天，渡口微吟含曉碧。城頭鼓響日脚垂，天際籠煙鎖山色。高樓索莫臨長陌，黃竹一聲無北客。時平田苦少人耕，惟有蘆花滿江白。』（江南曲）他的七絕也很有好的，如：『豖塘春水綠泱泱，謝市烟深柳線長。捲幔夕陽留不住，好風將雨過橫塘。』（在當塗作）

范祖禹　祖禹字淳夫，一字夢得，舞陰人。官至祕省正字。曾著唐鑑，學者尊之，目爲唐鑑公。有范太史集。其詩可擧龍水縣齋作爲例：『縣門倚巖石，終日對靑峯。初仕借爲宰，讀書過三冬。忘機狎鷗鳥，觀稼親老農。訟庭可羅雀，銅印苔蘚封。』

彭汝礪　汝礪字器資，饒州鄱陽人。治平二年進士，官至吏部尙書。有鄱陽集。其詩瞿佑歸田詩話嘗推其情致纏綿；王士禎亦稱其『瀟湘此日堪腸斷，隨處幽香著暮人』之句。詩如：『鬢毛垂雪欲毿毿，道路風波老不堪。繫纜短亭聊自慰，靑山數點見江南。』（泊眞州新河亭）又如『塵沙騎

馬聽溪流淡薄春風却似秋。坐憶洞庭波萬頃，灘聲長在釣魚舟。」（曉出代祀高禖）

徐積　積字仲車，山陽人。初從胡瑗學，官止楚州教授。以孝聞，諡曰節孝處士。有節孝集三十卷。其詩怪放奇譎，不主故常，甚不似其爲人。例如：「妾有一尺絹，以爲身上衣。自織青溪蒲，團團手中持。麥攜麥隴去，暮汲井泉歸。無人不看妾，不使見蛾眉。」（貧女扇）

張舜民　舜民字芸叟，邠州人，自號浮休居士，又號矴齋。妻乃陳師道之姊。元祐初以司馬光薦，召爲監察御史，累擢吏部侍郎。坐元祐黨。其人嗜畫能文，尤長於詩，有畫墁集。詩如打麥歌：「打麥打麥，彭彭魄魄，聲在山南應山北。四月大陽出東北，纔離海嶠麥尙青，轉到天心麥已熟。鶡旦催人夜不眠，竹雞叫雨雲如麥。大婦腰鐮出，小婦具筐逐。上壠先捋青，下壠已成束。田家以苦乃爲樂，敢憚頭枯面焦黑。貴人薦廟已嘗新，酒醴雍容會所親。曲終厭飫勞僮僕，豈信田家未入脣？盡將精好輸公賦，次把升斗求市人。麥秋正急又秧禾，豐歲自少凶歲多。田家辛苦可奈何！將此打麥詞，兼作插禾歌。」

沈遼　遼字叡達，錢塘人，遘之弟也。官至太常寺奉禮郎，攝華亭縣。有雲巢編。其文頗豪放，尤長於詩，王安石嘗贈以「風流謝安石，瀟灑陶淵明」之句。王雱更謂「前日覽佳作，淵明知不如」則

未免過於誇獎了吧。其詩如：『寒煙寂寂鎖青谿，圓月亭亭上曲隄。小杜風情遙可想，閑調絲竹舞金泥。』（池陽）

陶弼　弼字商翁，祁陽人。官至東上閤門使，康州團練使。晚年聚徒講授六經。有邕州小集。能詩能文。詩如：『路人虔雲去，如何輕解攜。人煙五嶺北，星斗大江西。暖雪梅花樹，晴雷贛石溪。青衫欲無淚，不奈鷓鴣啼。』（送趙樞寺丞宰虔化縣）

賀鑄　鑄字方回，衛州人。自號慶湖遺老，有慶湖遺老集。其論詩之言曰：『平淡不涉於流俗，奇古不鄰於怪僻，題詠不窘於物義，敍事不病於聲律，比興深者通物理，用事工者如己出，格見於成篇，渾然不可鐫；氣出於言外，浩然不可屈。』賀鑄的詩似乎還沒有做到他所說的好處，且舉他最負盛名的望夫石為例：『亭亭思婦石下閱幾人代。蕩子長不歸，山椒久相待。微雲蔭髮彩，初月輝蛾黛。秋雨疊苔衣，春風舞羅帶。宛如姑射子，矯首塵冥外。陳塵遂無窮，佳期後莫再。脫如魯秋氏，妄結桑下愛，玉質委淵沙，悠悠復安在？』苕溪漁隱叢話謂：方回因此詩以得名，交游間無不愛之。

郭祥正　祥正字功夫，當塗人。熙寧中舉進士，官至汀州通判，攝守漳州。陸游入蜀記稱祥正少時，詩句俊逸，或許爲太白後身。其詩體勢雄放，實有似於太白者，例如鳳凰臺次李太白韻：『高臺不見鳳凰遊，浩浩長江入海流。舞罷青蛾同去國，戰殘白骨尚盈邱。風搖落日催行櫂，湖擁新沙換故洲。結綺臨春無處覓，年年荒草向人愁！』娛書堂詩話謂：『郭功甫嘗與王荊公登金陵鳳凰臺，追次李太白韻，援筆立成，一座盡傾。』

劉跂　跂字斯立，東光人，家於東平。劉摯之子也。官至朝奉郎。晚年作學易堂，人稱學易先生，有學易集。其詩頗似陳師道，例如：『麥隴漫漫宿稿黃，新苗寸寸未經霜。手中馬箠餘三尺，想見歸時如許長。』（絕句）

黃裳　裳字冕仲，南平人。元豐五年進士第一，累官至禮部尚書。有演山集，詩文均有勁節。詩如：『秋來猶寄一涯天，葉葉秋聲似去年。可恨蕭晨長在客，不堪孤館更聞蟬。』（秋日有感）

晁說之　說之字以道，清豐人。官至徽猷閣待制。史稱其博極羣書，通六經，尤精易傳，善畫山水，工詩。因慕司馬光之爲人，自號景迂，有景迂生集。其詩可以思四明所居爲例：『今朝旅恨到何處，軒窗直到桃花渡。桃花渡上風吹雨，道人芒屩誰來去？』

李之儀　之儀字端叔，景城人。官至樞密院編修官，通判原州。文章與張耒、秦觀齊名，尤工尺牘。有姑溪居士集。詩如贈人（與當塗歌者楊姝）：『通中玉冷夢偏長，花影籠堦月浸涼。挽斷羅巾留不住，覺來猶有去時香；』其二：『情隨榆莢不勝飄，心似楊花暖欲消。擬借瓊林大盈庫，約君孤注賭妖嬈。』又如書扇：『幾年無事在江湖，醉倒黃公舊酒爐。覺後不知新月上，滿身花影倩人扶。』這都是很好的小詩。

鄒浩　浩字志完，常州晉陵人。元豐五年進士，官至直龍圖閣，贈寶文閣學士。有道鄉集。王士禎稱其古詩似白居易，律詩似劉夢得。但因受學程門，特嗜禪理，詩多用宗門語，亦其一病。詩如：『荷葉如錢三月時，幅巾藜杖一追隨。爾來勝事知多少，惟有風標公子知。』（湖上雜詠）

游酢　酢字定夫，建陽人。元豐五年進士，官至監察御史。亦程門弟子。有游廌山集。詩如：『邀客十分飲，送君千里歸。情隨綠水去，目斷白鷗飛。松菊今應在，風塵昔已非。維舟後夜月，能不重依依』（餞賀方回分韻得歸家）

李廌　廌字方叔，華州人。少以文見知於蘇軾，爲蘇門六君子之一。才氣橫溢，文詞肆放，頗有蘇軾的氣概。有濟南集。詩如：『偶來松樹下，高枕石頭眠。山中無曆日，寒盡不知年。』（隱逸）則變其豪放而爲幽逸的境界矣。

僧道潛　道潛本名曇潛，後改今名。賜號妙總大師，於潛人。有參寥子集。其詩風流醞藉，諸詩僧皆不及。例如：『赤葉楓林落酒旗，白沙洲渚夕陽微。數聲柔櫓蒼茫外，何處江村人夜歸。』（秋江）

僧惠洪　惠洪著有冷齋夜話、石門文字禪。其詩清新有致，例如：『山縣蕭條半放衙，蓮塘無主自開花。三叉路口炊煙起，白瓦青旗一兩家。』（夏日）

趙鼎臣　鼎臣字承之，衞城人。自號葦溪翁。官至右文殿修撰，知鄧州，召爲太府卿。有竹隱畸士集。劉克莊稱其詩才氣飄逸，記問精博，警句巧對，殆天造地設，略不載人喉舌。例如：『不見東坡老弟昆，年年曲阜履猶存。計功何必悲周鼎，會使詞林百怪奔。』（二蘇賢良硯）

下篇

第十三章　南渡的詩壇

南渡的詩壇詩人都是舊的，詩歌可是新的。

宋詩自元祐以後，牠的發展的命運便已經決定了。說明顯一點，宋詩自歐、王、蘇、黃諸名家蔚起之後，北宋詩已經嘆『觀止』了。後來的詩人，無論才力與聰明，都不能後來居上；不僅不能後來居上，要和他們並駕齊驅也就不可能了。所以元祐以後的詩人，對於那些大家只有『望洋興歎，』只有『高山仰止，』於是便發生以黃庭堅爲宗，專門講究詩派，玩弄詩法的江西宗派。我們知道在北宋詩的四大權威者裏面，黃庭堅要算是成就最低的一個，往後詩人却都以爲庭堅詩苦鍊而成，有法可繩，易於學習，故奉以爲宗。因此，宋詩發展的命脈，便被這般不爭氣的模擬詩人斬斷了。此後詩壇的情形，我們可以閉着眼睛很容易想像得到：大家無非在江西詩裏面兜圈子。那個作家還有一點新味兒？眼看北宋一個耀着光芒的詩壇消沈下去了，黑暗下去了。這個詩壇的黑暗時期，和北宋同其運命。一直到南渡以後，才打破這種消沈黑暗的空氣，而建設詩壇的新生命，新氣象。

本來，這些南渡的詩人，在北宋也是安居晏處慣了的，也都熖染了一點江西詩的味兒，實在沒有值得我們敍述的意義。不料，金人鼙鼓動地來，掠去了天下的共主，佔據了他們的社稷，把每一個詩人的富貴美夢，整個的打碎，嚇得倉皇南渡，萬里奔馳。這一來，可是把他們詩的風格，變成悲壯激越了，變深刻了，變蒼老了，他們把那貌作古怪內容淺薄的江西派作風無形中拋棄了。每一個南渡詩人都把他深切的感慨注入他的詩裏面去。

就中成就最大的詩人，自然不能不推陳與義。

＊　＊　＊　＊

與義字去非，洛陽人，簡齋其號也。官至參知政事。少學詩於崔德符，問作詩之要。崔曰：『工拙所未論，大要忘俗而已。』嘗賦墨梅受知於徽宗，遂登册府。高宗尤喜其『客子光陰詩卷裏，杏花消息雨聲中』之句。晚年詩益工，旗亭傳舍，摘句傳寫殆遍。有簡齋集。詩如：

『雨後江南綠，客悲隨眼新。桃花十里影，搖蕩一江春。朝風逆船波浪惡，暮風送船無處泊。江南雖好不如歸，老薺遶牆人得肥。』（江南春）

這却不是江西派所能做得出來的詩，雖然這不一定能夠算是作者的代表作，與義古詩新詩都做得來，蓋其天分既高，用心亦苦，意不拔俗，語不驚人，不輕易寫定也。尤其是他的小詩，和他的小詞一樣的值得矜貴，也許是作者的天才特別長於短寫。你如不信，試讀他的作品：

『中庭淡月照三更，白露洗空河漢明。莫遣西風吹葉盡，却愁無處著秋聲。』（秋夜）

『萬壑分烟高復低，人家隨處有柴扉。此中只欠陳居士，千仞岡頭一振衣。』（題余秀才所藏江參山水橫軸畫）

『水堂長日淨鷗沙，便覺京塵隔鬢華。夢裏不知涼是水，卷簾微溼在荷花。』（雨過）

『愛歆纖影上窗紗，無限輕香夜繞家。一陣東風濕殘雪，強將嬌淚學梨花。』（梅）

『小甕今朝熟，無勞問酒家。重陽明日是，何處有黃花。』（九月八日戲作示妻）

『山空樵斧響，隔嶺有人家。日落渾照樹，川明風動花。』（出山）

「都迷去時路，策杖烟漫漫。微雨洗春色，諸峯生晚寒。」（入山）

這是誰也看得出來好處的詩，古詩話家對於這位作者也只有贊美。我們不妨選幾個適當的評語寫在下面，以作研究與義詩的參考：

劉克莊後村詩話『元祐後，詩人迭起，不出蘇、黃二體。及簡齋，始以老杜為師。建炎間避地湖嶠，行萬里路，詩益奇壯。造次不忘憂愛。以簡嚴埽繁縟，以雄渾代尖巧。第其品格，當在諸家之上。』

張嵲陳簡齋墓誌：『公詩體物寓興，清邃超特，紆餘閎肆，高舉橫厲，上下陶、謝、韋、柳之間。』

四庫提要：『與義在南渡詩人之中，最為顯達，然皆非其傑構。至於湖南流落之餘，汴京板蕩以後，感時撫事，慷慨激越，寄託遙深，乃往往突過古人。』

我們正不必像劉須溪那樣斤斤於拿與義來和蘇軾、黃、陳作優劣的比較，那是毫無意義的批評。至少我們可以這樣說：陳與義是南渡時期的第一大詩人，不算誇張吧。

* * * * *

與陳與義同時的南渡詩人，有葉夢得、張元幹、張九成、王庭珪、汪藻、沈與求、孫覿、程俱諸人。

葉夢得字少蘊，吳縣人。官至江東安撫大使。著有建康集及石林詩話。論者稱其在『鋒鏑之中，而吟詠蕭散，固是詩人之致。』然其詩也不是沒有感慨的，他有一首遊清涼山勉其兒子的詩很值得我們欣賞：

『千年石頭城，突兀眞虎踞。蒼忙刼火餘，尙復留故處。大江轉洪濤，騰踏不可御；空城寂寞潮，日暮獨東去。登臨欲弔古，俯視極千慮。吾兒勇過我，蓐食穿沮洳。謂言撫中原，未暇論割據。功名亦何人，我老聊自恕。它年報國心，或可借前箸。無爲笑頹然，已飽安用飫。』

張元幹字仲宗，永福人。自號眞隱山人，又號蘆川老隱，有蘆川歸來集，僅載律詩。宋詩鈔稱其『清新而有法度，蔚然出塵也。』其詩可以蘭溪舟中寄蘇粹中爲例：

『氣吞萬里境中事，心老經年江上行。三徑已荒無蟻夢，一錢不值有鷗盟。雲收遠嶂晚風熱，浪打寒灘春水生。鴻雁北飛知我意，爲傳詩句濮陽城。』

張九成字子韶，開封人。人稱之爲橫浦先生。李清照曾有『桂子飄香張九成，』蓋譏其詩也。有橫浦集。詩如：

『幽事晚山色，幽齋春雨餘。亂紅鼓澗水，浮綠漲郊墟。北牖迸新筍，西園生野蔬。槿籬繞茅屋，已分老漁樵。』（卽事）

王庭珪字民瞻，廬陵人。官至直敷文閣。隱居盧溪，有盧溪集。楊萬里嘗從之遊，稱其詩出自少陵昌黎，大要主於雄剛渾大。詩如：

『路入荒溪惡，波穿亂石跳。騎驢行木杪，避水轉山腰。倒挂猿當道，橫過竹渡橋。吾生本如寄，歲晚尙飄遙。』（入辰州界中用頔子韻）

汪藻字彥章，饒州德興人。官至顯顯閣大學士，左太中大夫，封新安郡侯。著有浮溪集。其詩可以次高郵軍爲例：

『小雨靜林麓，鵓鴣相應鳴。移舟漾清深，薄晚荷氣生。歸鳥盡雙去，潛魚時一驚。菰蒲若無人，渺渺吹煙橫。艇子檝迎我，攜魚薦南烹。月出殊未高，疎林隱微明。依沒會有處，斗掛天邊城。』

沈與求字必先，德清人。官至知樞密院事。著有龜溪集。詩如：

『野航春入荻芽塘，遠意相傳接渺茫。落日一篙桃葉浪，薰風十里藕花香。河回劇失青山曲，

菱老難容碧草芳。村北村南歌自答，懸知歲事到金穰。』（舟過荻塘）

孫覿字仲益，晉陵人。官至翰林學士。著有鴻慶居士集。其詩晚年益精。例如：

『數間茅屋水邊村，楊柳依依綠映門。渡口喚船人獨立，一蓑煙雨濕黃昏。』（吳門道中）

『綠筍遺苞半出籬，清溪一曲翠相迷。古苔稱意壞牆滿，好鳥盡情深處鳴。』（遊金沙寺）

程俱字致道，開化人。官中書舍人。著有北山小集。其詩蕭散古澹，頗有自得之趣。例如：

『秋風夜攪浮雲起，幽夢歸來渡寒水。一聲橫玉靜穿雲，響振疎林葉空委。曲終時引斷腸聲，中有千秋萬古情。金谷草生無限思，樓頭斜月為誰明？』（夜半聞橫笛）

* * * * *

繼着南渡詩人之後，大詩人陸游、范成大、楊萬里輩起來，更把宋詩發揚光大，各極造詣之精，於以造成南宋詩的『元祐時代』。

第十四章　愛國詩人陸游

南宋有個陸游，眞是替南宋詩壇增加不少的光焰。方回跋尤袤詩云：『中興以來，言詩必曰尤、楊、范、陸。誠齋時出奇峭；放翁善爲悲壯；公與石湖，冠冕佩玉，端莊婉雅。』這段話雖無很甚的褒貶之意，但隱隱地是在說楊誠齋與陸放翁只是詩的別派，尤袤與范石湖纔是詩的正宗。

其實，在這幾個詩人裏面，除了尤袤『詩集獨湮沒不存』不論外，不但楊誠齋比不上陸游，范石湖也不及陸游；不但范石湖比不上陸游，全宋的詩人能够有幾個像陸游那樣的偉大呢？

陸游詩的偉大，一言以蔽之，是在有新生命的表現，我們知道屈原的偉大，是在他能用獨倡的新韻律來表現可歌可泣的生命；陶潛的偉大，是在他能發現田園的愛和美；李白的偉大，是在悲壯的邊塞詩的開拓；杜甫的偉大，是在社會問題詩的開拓。往下便要數到陸游了：在被金人壓迫偏安江表，風雨飄搖的南宋，陸游所開拓的，便是合拍那時代社會背境而起反應的愛國文藝。在文學原理的見地上，文學是不是應該建立愛國精神的旗幟，我們可不必論。不過這種愛國的精神，的確是詩人內心的情感裏所迸發出來的呼喊，代表當時代多數者的心理；而且在南宋——甚至可以說在全宋及其以前——能够在詩歌裏面首先握住時代多數者的心理的權威者只有陸游。本來愛國的詩篇在文學史上本不多覯，而以作品著名愛國的詩人也怕只能有陸游一人了。這種愛國主義的詩便是陸游所創製的詩的新生命，陸游的偉大也在此。

往下請先介紹這位詩人的生平。

* * * * *

游字務觀，越州山陰人。生於公元一一二五年。年十二能詩文。蔭補登仕郎，以才遭秦檜忌。檜死，始赴福州寧福薄，以薦者除敕令所刪定官。遷大理寺司直兼宗正簿。孝宗即位，甚器重詩人。嘗問周益公於華文閣曰：

『今代詩人，亦有如唐李太白者乎？』

益公即以放翁對。由是人競呼爲小太白。（劍南詩稿後記）孝宗亦甚激賞其才，遷樞密院編修官兼編類聖政所檢討官。後以被讒貶建康府通判。尋爲王炎幕賓，鬱鬱不得志。范成大帥蜀，游爲參議官。詩人相與，不拘禮法，人譏其頹放，因自號放翁。累遷江西常平提舉，遷禮部郎中，兼實錄院檢討官。

以寶章閣待制致仕。嘉定二年卒。（公元一二一〇年）享年八十有五。（放翁卒年，據宋史陸游列傳所述如上。但據游詩云：『吾年垂九十』齒髮歎；又『行年九十未龍鍾』疾後戲題；又『九十衰翁心尚孩』遊山，則這位詩人或不止八十五歲呢。）其著作有渭南文集五十卷（著名渭南，因游晚封渭南伯）劍南詩稿八十五卷，錄詩一萬四千餘首。（據沈德潛說詩晬語）

陸游原來是一位多才多藝的文人，他不僅能詩，也會作文，也會填詞，不過其最大的成就在詩這一方面罷了。最值得我們欣幸的，便是這位詩人享有了中國文人罕有的高年，遺下了中國文人罕有的巨部頭的詩，其獻身文藝的精神眞是不可企及的。論者每以游晚年曾爲韓侂冑作南國記，評其品格遠不及楊萬里。但如以詩品論，『萬里遠不及游之鍛鍊工細，』紀曉嵐已先言之了。

在前面我們曾經說過陸游是一位悲壯的愛國詩人，那末他的生活應如何激昂，他的個性應如何強遇，這是我們最低限度的想像。可是，如其分析劍南詩裏所表現的陸游的生活，眞要使我們驚訝，原來陸游是一個很愛遊蕩，很愛疎放的詩人生活，決不是英雄生活。他雖然很有志功名，流露於吟詠間，但却不是官慾薰心。他最恨作小官的低頭和拘曲，在他和陳魯山詩曾說：『奈何七尺軀，貴賤視趙孟,』又說『他年游宦應無此,早買漁蓑未老歸。』(留題雲門草堂)可見他的生活態度了。分析起來,這位詩人至少有兩種癖性值得注意的:

(一)愛遊的癖性　詩人往往都愛遊,也許遊歷便是詩情的供應者吧。我們統計八十五卷的劍南詩稿,處處看見放翁在遊山玩水忙,吟詩塡韻忙,彷彿漫遊便是他的生命,彷彿前生欠下了山水債似的走來奔去。如:

『櫻花舊識非生客,山水曾遊是故人……

平生賸有尋梅債,作意城南看小春。』(閬中作)

他不僅愛梅,也愛山,也愛水,愛一切的自然界。到一處愛一處。他有一首詩最能表現他遊山水的癖性:

『平生愛山每自歎,舉世但覺山可玩。皇天憐之足其願,著在荒山更何怨?南窮閩粵西蜀漢,馬蹄幾歷天下半。山橫水掩路欲斷,崔嵬可陟流可亂。春風桃李方漫漫,飛棧凌空又奇觀。但令身健能強飯,萬里只作遊山看。』(飯三折鋪鋪在亂山中)

遊吧，遊吧，最美的詩的境界是要到大自然裏面去找的，決不是閉置在斗方室裏面構思得出來的。

假如你不信，請讀放翁詩：

『衣上征塵雜酒痕，遠遊無處不消魂。此身合是詩人未，細雨騎驢入劍門。』（劍門道中遇微雨）

這是一首多麼充盈了盡意的詩！放翁的詩，很多是在旅程中做成的。可見漫遊的癖性，對於放翁詩的幫助不小。讀其『斯遊誰道傷幽獨，猶有殘鐘伴苦吟，』更可見其獨自行吟的勤苦。而因爲浪遊無定，總是他鄉作客，有時也引起放翁窮愁之感。如荔枝樓小酌詩云：『病與愁兼怯酒船，巴歌聞罷更悽然。此身未死長爲客，回首夔州又二年。』這時，放翁也許有倦遊之感了吧。

（二）疎放的癖性　疎閑放浪是中國文人的通病，陸放翁也是這樣的一個。有時疎閑起來，竟好像得道的道士一樣，如『欲作小詩還復嬾，海鷗與我共忘機。』有時放浪起來呢，竟是形骸也不顧了，只求一歌一醉之樂，如『千古英雄骨作塵，不如一醉却關身，』如『尊酒如江綠，春愁抵草長。但令閑一日，便擬醉千場。』這種疎放的癖性，似乎也是和愛國主義的個性相反的，最顯示明白的如隱趣詩：

『歸老家山一幅巾，俗間那可與知聞。舉盃每屬江頭月，贈客時緘谷口雲。行來菖蒲綠蘚磴，臥浮舴艋入鷗羣。力營隱趣君無怪，作得閑人要十分。』

這種『作得閑人要十分』的骨子裏，便是『用世』的反動行爲。原來陸游實在是一個『空懷救國心』的志士，懷抱莫展，只得浪遊嘯傲終身，而『故作閑人樣』了。唯其能够自尋疎放之趣，纔能享上九十歲的高年，才做成功那一萬幾千首詩。那時，陸放翁也微笑地唱着了，唱着他那『長壽如富貴』的自讚。

* * * * *

現在我們要開始追求陸游的詩的來源。

縱使是獨創的詩人，也沒有不受古文藝的影響的。就是說每個作家的詩，都有他的來源。不過各人的來源不同罷了。陸游所受古詩人影響最深的有下面幾家：

（一）陶潛　放翁最愛模擬陶潛。無論潛的爲人和詩，放翁都表示無限的滿意。如讀陶詩：

『我詩慕淵明，恨不造其微。退歸亦已晚，飲酒或庶幾。雨餘鉏瓜壟，月下坐釣磯。千載無斯人，吾將誰與歸？』放翁之仰慕淵明及其詩並不止偶然的表現，集中屢見其詠吟。又如『陶謝文章造化侔，篇成能使鬼神愁。君看『夏木扶疎』句，遙許詩家更道不？』（讀陶詩）放翁用這樣崇拜的眼光去研究陶詩，無形間自然受陶詩的影響不小了。

（二）杜甫　杜甫及其詩也是被放翁最敬視的一個。其讀杜詩有云：『……看渠胸次隘宇宙，惜哉千萬不一施。空回英概入筆墨，生民清廟非唐詩。向令天開大宗業，馬周遇合非公誰？後世但作詩人看，使我撫几空嗟咨。』這首詩描寫杜甫可謂淋漓痛快之至，也就是在影像放翁自己吧。原來放翁的志願與環境和杜甫同一模型，故其詩也很嚮往杜甫。集中常抄用杜語，如『無窮江水與天接，不斷海風吹月來，』這是很明顯的擬杜詩了。

（三）李白　放翁有讀李杜詩云：『濯錦滄浪客，青蓮澹蕩人。才名塞天地，身世老風塵。士固難推挽，人誰不賤貧？明窗數編在，長與物華新。』放翁論及李白，集中不數見。但放翁詩却很有些受了李白詩的影響。如對酒歎諸篇，豪放恣肆，不拘體格，直如太白集子裏的詩。

（四）岑參　參是一位才氣壯烈的詩人，自然很容易爲放翁所激賞。夜讀岑嘉州詩集有云：

「公詩信豪偉，筆力追李杜。常想從軍時，氣無玉關路。至今蠹簡傳，多昔橫槊賦。零落財百篇，崔嵬多傑句。工夫刮造化，音節配韶頀。……誦公天山篇，流涕思一遇。」

（五）梅堯臣　放翁集中屢有效梅堯臣詩，如寄酬曾學士（學宛陵先生體），如過林黃中食柑子有感（學宛陵先生體）。

（六）江西詩派　游爲曾幾的弟子。而所作呂居仁集序，又謂詩法傳自居仁。二人固皆江西派中之健將也。

陸游的詩固然不能說沒有受江西詩派的影響，因爲江西詩派在當代實在是個很大的權威，無論什麼詩人多少總薰染着江西派的臭味。不過陸游才氣很大，決不是江西詩派所能範圍；不僅不是江西詩派所能範圍，即陶潛、李杜、岑、梅也不曾範圍着他。最好我們提示陸游自己的詩來表示他的文學見解。他有一句詩：

「道向虛中得，文從實處工。」

這個『實』是虛實的『實』。『實』的完成，是最離不開經驗的，故放翁的詩往往是經驗的抒寫。可是放翁雖重實錄，却也不是一味的摹擬自然，他苦鍊的工夫實在用得很深，例如：

『吾詩鬱不發，孤寂奈愁何？偶爾得一語，快如疎九河。』

由詩成後的那種快感，便可反證詩未成時的苦吟了。如『琴廢還重理，詩成更細評；』如『堪笑衰翁睡眠少，小詩常向此時成，』也可見放翁作詩之愛苦吟推敲。其夜吟云：

『六十餘年妄學詩，工夫深處獨心知。夜來一笑寒燈下，始是金丹換骨時。』

大約少年時代的陸游詩，還免不了淺浮因襲，到了中年晚年則已養成獨立的詩風了。

* * * * *

英雄的夢只許詩人晚年的回憶吧，我們讀了陸游的感慨詩，也餘着夢後的淒涼！

『上馬擊狂胡，下馬草軍書。二十抱此志，五十猶癯儒。大散陳倉間，山川鬱盤紆。勁風鍾義士，可與共壯圖。坡陁咸陽城，秦漢之故都。王氣浮夕靄，宮室生春蕪。安得從王師，汎掃迎皇輿。黃河與函谷，四海通舟車。士馬發燕趙，布帛來青徐。先當營七廟，次第畫九衢。偏師縛可汗，傾都

觀受俘。上壽大安宮，復如正觀初。丈夫畢此願，死與螻蟻殊。志大浩無期，醉膽空滿軀。』（觀大散關圖有感）

這是陸游生平一首最好的自敍，他的一生也只是拖了一個永遠沒曾實現的『恢復中原』的夢。你看作者是怎樣細密地將這夢排比敍述出來。因爲這個夢不能實現出來，累得我們詩人終身掙扎地呼喊着，有時發爲豪放，有時發爲哀吟，有時悲壯激越，有時又感慨低徊，那種金戈鐵馬，橫槊渡江的壯志躍然紙上：——

『丈夫不虛生世間，本意滅虜收河山。豈知蹭蹬不稱意，八年梁益凋朱顏。三更撫枕忽大叫，夢中奪得松亭關。中原機會嗟屢失，明日茵席留餘潸。益州官樓酒如海，我來解旗論日買酒酣博簺爲歡娛，信手梟盧喝成采。牛背爛爛電目光，狂殺自謂元非狂。故都九廟臣敢忘，祖宗神靈在帝旁。』（樓上醉書）

『白髮將軍亦壯哉，西京昨夜捷書來。胡兒敢作千年計，天意寧知一日回！列聖仁恩深雨露，中興赦令疾風雷。懸知寒食朝陵使，驛路梨花處處開。』（聞武均州報已復西京）

放翁的長歌很有放縱恣肆的精神。我們看他老得了一個捷報，便值得大驚小怪，手舞足蹈，那種喜溢眉宇之氣，在詩裏面全畫了出來。但放翁的這種寫法，最工的還要推他的近體詩，尤其是絕句：

『清班曾見六龍飛，晚落天涯遠日畿。邊月空悲新雪鬢，京城猶染舊朝衣。江山壯麗詩難敵，風物蕭條醉絕稀，賴有東湖堪吏隱，寄聲籬菊待吾歸。』（感事）

『少年志欲掃胡塵，至老寧知不少伸。覽鏡已悲身潦倒，橫戈空覺膽輪囷。生無鮑叔能知己，死有要離與卜鄰。西望不須揩病眼，長安冠劍幾番新！』（書歎）

『天險龍門道，霜清客子遊。一筇緣絕壁，萬仞俯洪流。著脚初疑夢，回頭始欲愁。危身無補國，忠孝兩堪羞！』（再過龍洞閣）

『書生忠義與誰論，骨朽猶應此念存。砥柱河流僊掌日，死前恨不見中原。』（大息）

『死去元知萬事空，但悲不見九州同。王師北定中原日，家祭無忘告乃翁。』（示兒）

『夢裏都忘困晚途，縱橫草疏論遷都。不知盡挽銀河水，洗得平生習氣無？』（記夢）

『羈魂顛頓遠相尋，髭斷肩寒帶苦吟。歸校藥方緣底事，知君死抱濟時心。』（夢宇文叔介）

放翁的近體詩雖然沒有他古詩的那樣淋漓恣肆的精神，然而描寫却變委婉了，意境深刻了，同時感慨也就沉痛了。

本來，北宋的幾個皇帝都被金兵捉去了，一般遺老遺少被壓迫得沒有辦法，只好把個帝都遷到南邊來，成個偏安的局面。在這種奇恥未雪，應該是君臣臥薪嘗膽的時候，而一般文人士夫，居然一無其事的吟風弄月，大講其享樂，大講其理學，一點奮激也沒有，一點羞辱也沒有，所有的詩人都變成了死人。而這時居然有個陸游，在南宋靡靡的詩壇裏面造成一種異響，給我們一點悲壯之感；激動那死去的情緒，作為激越的悲歌；姑無論其藝術的造詣若何，這種詩精神詩內容的新開拓，已是『空谷足音』，已是『難能可貴』了。

* * * * *

『一寸丹心空許國，滿頭白髮却緣詩。』

可驚的九十歲的高年完成了放翁詩的風格，完成了放翁詩的技術，完成了放翁巨部頭的傑作，完成了放翁在文學史上的永久生命，原來放翁是為詩而活着的。愛國的詩，僅僅是代表放翁的志願懷抱，不足以表示放翁詩藝術的完美；我們要欣賞放翁詩藝術的完美，必須從放翁另一方面的詩去追求。

放翁的古詩本不甚佳，在他的壯歌裏面，還帶點豪放之氣，算是可讀。若一離開了國性的描寫，則他的古詩更沒有趣味了。放翁的律詩有時很精工；但因爲刻於求精工，不免流於纖巧，如『畫圖省識驚春早，玉笛孤吹怨夜殘，冷淡合教閑處着，淸臞難遣俗人看；』又如『月兔擣霜供換骨，湘娥鼓瑟爲招魂。孤城小驛初飛雪，斷角殘鐘半掩門。』說是詠梅花，描寫也不怎樣精緻，不過對仗工穩而已。據我們看來，放翁詩最大的造詣還是在絕句一方面，而且是在七言絕句。不妨先舉幾個例子如下：

『城上斜陽畫角哀，沈園無復舊池臺。傷心橋下春波綠，曾是驚鴻照影來。』（沈園）

『行行不知溪路深，但怪素月生遙岑。不辭醉袖拂花絮，與子更醉靑蘿陰。』（溪上醉吟）

『爲愛名花抵死狂，只愁風日損紅芳。綠章夜奏通明殿，乞借春陰護海棠。』（花時遍遊諸家園）

『海棠已過不成春，絲竹淒涼鎖暗塵。眼看燕脂吹作雪，不須零落始愁人。』（花時遍遊諸家園）

『不識如何喚作愁，東阡西陌且閑遊。兒童共道先生醉，折得黃花插滿頭。』（小舟遊近村）

『斜陽古柳趙家莊，負鼓盲翁正作場。死後是非誰管得，滿村聽說蔡中郎。』（同上）

『雲裏溪頭已占春，小園又試晚妝新。放翁老去風情在，惱得梅花醉似人。』（紅梅）

哈哈，不覺便舉下許多例子了。天縱放翁享高年，是留一點老去的風情來寫情詩吧。這種抒情小詩在兩宋的作家中是很稀罕的。因爲這樣，我們尤其珍貴放翁了。上面這些詩還不免有些文氣，我們讀了他的吳娃曲，用白話來描寫，更有小詩的情趣：

『滿地花陰不閉門，琵琶抱恨立黃昏。妾身不似天邊月，此夜此時重見君。』

『忘憂石榴深淺紅，草花紅紫亦成叢。明年開時不望見，只望郎君不著儂。』

『二月鏡湖水拍天，禹王廟下鬭龍船。龍船年年相似好，人自今年異去年。』

放翁此詩是替友人作的。自註云：『友有妾而內不容，戲爲作此。』不假雕飾，情意纏綿，若不是詩的感動力大，何以能消釋大婦的妬悍，使一對有情人永言于好呢？

* * * * *

末了我們要歸結到放翁詩的評論。

大約放翁的少年時代便已有詩名了。嘗自敍：『余年二十時，嘗作菊枕詩，頗傳於人。』其春愁曲、續春愁曲，自敍亦謂流傳一時。至爲孝宗激賞以後，則這位矜貴的詩人已名溥四海了。

同時的詩人大都是贊許劍南詩的，或許如怒猊扶石，渴驥奔泉；或許如翠嶺明霞，碧溪初月，何足盡其勝概耶？他如范成大、劉克莊都是很替陸游誇飾的。唐宋詩醇著錄南宋詩人僅及放翁，亦可想見其詩之被珍貴於後世詩家了。

可是，放翁的詩也不是全然沒有瑕疵的，掉書袋便是他的大毛病，理學化的詩便是他的大毛病，例如：——

『力不扶微學，心猶守舊聞。壁間科斗字，秦火豈能焚。』（讀書）

『古人學問無遺力，少壯工夫老始成。紙上得來終覺淺，絕知此事要躬行。』（冬夜讀書示

子聿）

這樣酸的詩已經是『朱子格言』了，那裏還是詩？所幸陸游還不曾入理學派的魔，這樣的酸詩也還不多，完全無貶損於陸游的詩譽。四庫總目提要有一段關於陸游詩很好的批評，不妨寫在後面：

『……游詩清新刻露，而出以圓潤，實能自闢一宗，不襲黃陳之舊格。劉克莊號爲工詩，而後村詩話載游詩，僅摘其對偶之工，已爲皮相。後人選其詩者，又略其感激豪宕沈鬱深婉之作，惟取其流連光景可以剽竊移掇者，轉相販鬻，放翁詩派遂爲論者口實。夫游之才情繁富，觸手成吟。利鈍互陳，誠所不免。……然其託興深微，遣詞雅雋者，全集之內，指不勝屈。安可以選者之誤，集矢於作者哉。』

此外評列放翁亦有持貶損論者。惟僅及品格，無關詩旨。既無損於放翁詩的偉大，這裏也不詳舉了。

第十五章　田園詩人范成大

自陶潛發現了田園詩，替詩的園地開闢了一個新描寫的境界。但是這個素淡而幽恬的境界，卻不投功名心重的中國文人的嗜好。有時大家都要題幾句隱逸的詩，以自鳴其高；其實有幾個文人願意老死柴扉的？即使有幾個願意過幽趣生活的詩人，也要尋名山勝水，僻靜其居，決不肯與一般農民鄉人共處，從那種低度的農村生活裏面去尋求田園的詩趣的。有之，在唐朝或者可以找出半個，那便是儲光羲——王維不能算，因爲王維所表現的只是孤癖的詩人畫家的幽趣，而不是農村中含有普遍性的田園樂。——在宋代我們只找得出一個范成大。

成大字致能，吳郡人，生於宣和七年。（公元一一二五年，按與陸游同庚）自號石湖居士。（成大有別墅，曰石湖，山水之勝，東南絕境也。）他原來也不是隱逸詩人，他做官做得很久。紹興二十四年擢進士第，授戶部曹，累遷著作佐郎，除吏部郎官。會使金，後做四川制置使，表名士節，羅致人才，蜀士歸心。往後又節節做上高官，晚年進大學士，紹熙四年卒。（公元一一九三年）全集有一百三十六卷，（宋史藝文志及書錄解題著錄）又有石湖別集二十九卷，石湖居士文集若干卷。其石湖詩集三十四卷，（內一卷載賦六首，楚辭四首）凡古今體詩一千九百餘首，這是范石湖自己編定的一部詩稿。

范石湖也是由江西詩派出身，而却不會被拘曲於江西派的詩人。我們似乎不容易指明那幾個古作家是影響於石湖最大的。但他詩集裏面却有幾首詩很引起我們注意。如夜宴曲與神絃二首，自註效李賀；又樂神曲、繰絲行、田家留客行、催租行四首，自註效王建。這自然關係於石湖詩很深的，且各舉一例如下：

『雙娥一去三千秋，粉篁春淚凝古愁。神鼉悲鳴老龍怒，水爲翻瀾雲爲留。素空逗露晚花泣，神官行水鱗僮濕。潮聲不平江風急，蒼梧冥茫九山立。』（神絃）

『小麥青青大麥黃，原頭日出天色涼。姑婦相呼有忙事，舍後煮繭門前香。繰車嘈嘈似風雨，繭厚絲長無斷縷。今年那暇織絹著，明日西門賣絲去。』（繰絲行）

石湖詩集中實在很少見這種離奇風格的詩，若不是自註明效李賀、王建，我們一定要懷疑到這是否石湖製作的問題了。據四庫總目提要云：『如西江有單鵠行、河豚嘆，則雜長慶之體；嘲里人新婚詩、春晚三首、隆師四圖諸作，則全爲晚唐五代之音，其門徑皆可覆案。』大約石湖少年時代酷愛唐晉，受唐詩之影響亦大，故多擬摹之作。到了後來，詩的造詣日深，便自然而然的脫掉了這種淺薄的模擬衣裳了。

石湖詩的成就也是在他的七言絕句，不在古詩，也不在律詩。五絕間有佳作，如道中古意、雙燕、高樓曲、湘江怨。……

「桃李寂無言，垂楊照溪綠。不見苧蘿人，空歌若邪曲。」（道中古意）

石湖七絕詩的好處，是在具有抒情詩的意味，不像他的古詩律詩，現出一付呆板的面孔，能夠很「流麗」地「婉峭」地寫出來。

「昭光殿下起樓臺，拚得山河付酒杯。春色已從金井去，月華空上石頭來。」（胭脂井）

「陰陰垂柳閉朱門，一曲闌干一斷魂。手把青梅春已去，滿城風雨怕黃昏。」（春晚）

「客去鉤窗詠小詩，遊絲撩亂柳花稀。微風盡日吹芳草，蝴蝶雙雙貼地飛。」（同上）

在石湖集中，抒情詩異常貧乏，偶然幾首，也沒有濃厚的情調。集中最豐富的是卽景詩，在那些卽景詩裏面，我們看出石湖的詩很有寫實的意味。——

「松梢臺殿鬱高標，山轉溪迴一水朝。不惜褰裳呼小渡，夜來春漲失浮橋。」（遊寧國奉聖寺）

「虎嘯狐鳴苦竹叢，魂驚終日走蒙茸。松林斷處前山缺，又見南湖數十峯。」（衮山道中）

「昨夜新霜冷釣磯，綠荷消瘦碧蘆肥。一江秋色無人問，盡屬風標雨雪衣。」（題秋鷺圖）

「陣陣輕寒細馬驕，竹林茅店小帘招。東風已綠南溪水，更染溪南萬柳條。」（自橫塘橋過黃山）

「一川新漲熨秋光，掛起篷窗受晚涼。楊柳無窮蟬不斷，好風將夢過橫塘。」（立秋後二日泛舟越來溪）

「南浦春來綠一川，石橋朱塔兩依然。年年送客橫塘路，細雨垂楊繫畫船。」（橫塘）

哦，每一首詩都是一幅詩意的畫圖展開。石湖眞是描繪自然的聖手，他能夠握住微妙的畫境，輕描淡寫底表現到詩裏面來。這固然一方面要推許石湖觀察的靈活入微，一方面也是由於作者描寫的活潑與輕巧。有了這樣描寫自然的聖手，當然不難創造偉大的田園詩出來。

不錯，范石湖的偉大的價值，完全建設在他的田園詩上面。

我們知道陶淵明的田園詩，只是描寫主觀的田園樂，和描寫物我俱化的田園樂。具體點說：就是『悠然見南山，』式的田園樂。這種描寫，作品裏面往往表現着作者極強烈的個性，而失掉作品的物觀性。范石湖的田園詩，便恰恰與此相反。石湖的描寫，是注意怎樣細密地去表現田園的物觀性——這個所謂田園，自然是指人性活動裏面的田園，決不是單指一塊田，一塊園——而不用力於作者個性的抒發。這樣說，石湖的田園詩乃是富有寫實主義精神的作品。

石湖詩集卷二十七，載四時田園雜與六十首。自註云：『淳熙丙午，沉痾少紓，復至石湖舊隱。野外卽事，輒書一絕。終歲得六十篇，號四時田園雜興。』石湖的田園詩自然決不止此，現在爲舉例方便起見，將這幾十首詩的性質類分五組，選錄十八首在下面。

第一組：春日田園雜興。

「柳花深巷午雞聲，桑葉尖新綠未成。坐睡覺來無一事，滿窗晴日看蠶生。」

「土膏欲動雨頻催，萬草千花一餉開。舍後荒畦尤綠秀，鄰家鞭筍過牆來。」

「高田二麥接山青，傍水低田綠未耕。桃杏滿村春似錦，踏歌椎鼓過清明。」

「杜下燒錢鼓似雷，日斜扶得醉翁回。青枝滿地花狼藉，知是兒孫鬬草來。」

「騎吹東來里巷喧，行春車馬鬧如煙。繫牛莫礙門前路，移繫門西碌碡邊。」

「吉日初開種稻包，南山雷動雨連宵。今年不欠秧田水，新漲看看拍小橋。」

「桑下春蔬綠滿畦，菘心青嫩芥台肥。溪頭洗擇店頭賣，日暮裹鹽沽酒歸。」

第二組：晚春田園雜興。

「蝴蝶雙雙入菜花，日長無客到田家。雞飛過籬犬吠竇，知有行商來買茶。」

「穀雨如絲復似塵，煮瓶浮蠟正嘗新。牡丹破萼櫻桃熟，未許飛花添却春。」

「雨後山家起較遲，天窗晚色半熹微。老翁欹枕聽鶯囀，童子開門放燕飛。」

第三組：夏日田園雜興。

「梅子金黃杏子肥，麥花雪白菜花稀。日長籬落無人過，惟有蜻蜓蛺蝶飛。」

「晝出耘田夜績麻，村莊兒女各當家。童孫未解供耕織，也傍桑陰學種瓜。」

「千頃芙蕖放棹嬉，花深迷路晚忘歸。家人暗識船行處，時有驚忙小鴨飛。」

第四組：秋日田園雜興：

「靜看簷蛛結網低，無端妨礙小蟲飛。蜻蜓倒挂蜂兒窘，催喚山童為解圍。」

「秋來只怕雨垂垂，甲子無雲萬事宜。穫稻畢工隨曬穀，直須晴到入倉時。」

「新築場泥鏡面平，家家打稻趁霜晴。笑歌聲裏輕電動，一夜連枷響到明。」

第五組：冬日田園雜興：

「松節燃膏當燭籠，凝煙如墨暗房櫳。晚來拭淨南窗紙，便覺斜陽一倍紅。」

「放船閒看雪山晴，風定奇寒晚更凝。坐聽一篙珠玉碎，不知湖面已成冰。」

由陶淵明的田園詩到范石湖的田園詩，是由主觀底描寫到近客觀底描寫。我們很不願意輕率地去判斷這兩位詩人的藝術高下，但只覺得詩的作法與所取的題材都不相同。唯其所取的題材不同，所以范石湖能夠在陶詩以外開拓他田園詩描寫的新疆域；唯其作法不同，所以范石湖能自創田園詩的新生命。

同時代的詩人，楊萬里是最替范石湖誇飾的。在他的石湖全集序裏面有一段話說：

「公訓誥具西漢之爾雅；賦篇有杜牧之之刻深；騷詞得楚人之幽婉；序山水則柳子厚；傳任俠則太史遷。至於詩，大篇決流，短章斂芒，縟而不釀，縮而不僒。清新嫵麗，奄有鮑謝；奔逸儁偉，窮追太白。求其隻字之陳陳，一倡之嗚嗚，而不可得也。今海內詩人不過三四，而公皆過之，無不及者。予於詩豈敢以千里畏人者，而於公獨斂衽焉。」

我們對於楊萬里這種過分的誇飾不能不提出抗議。石湖實在不是一個高明的文章家或賦家，他只是一個詩人，他只是一個田園詩人。他除具有描寫田園山水的聖手外，連別的詩都不大做得好的。隨便舉一個例，如偶書一詩：

「出處由人不繫天，癡兒富貴更求仙。東家就食西家宿，世事何緣得兩全。」

像這樣不高明的詩，在石湖詩集裏面實在不少。然而，這也無損於詩人吧，田園詩的開拓，早已確定范石湖在文學史上高貴的地位了。

第十六章　白話詩人楊萬里

楊萬里是陸游、范成大的詩友，並且同是齊名的詩人。除開陸游范成大，南宋恐怕再不容易找像楊萬里的大詩人；除開陸游，全宋都沒有像楊萬里作品豐富的作家。他的詩集有九種，四十二卷，四千餘首；全集共一百三十三卷，八十餘萬言。由其作集卷帙之繁，可想見其致力於文學之工了。

萬里字廷秀，吉州吉水人。紹興進士，爲祕書監，累官寶文閣待制。張浚嘗勉以誠意正心之學，遂名書室曰誠齋，自號誠齋野客。他是位很講究名節的詩人，由集中所載乞留張栻，力爭呂頤浩等配享諸奏議，可想見其人的風采。因不肯作南國記，忤韓侂胄，不得志於朝。後來他的朋友陸游替韓侂胄作了這篇記，他還寄了詩去勸陸游，有『不應李杜翻鯨海，更羨夔龍集鳳池』之句，其品格之高，可見一斑。江湖集裏面有一首詩，似乎是很可以象徵楊萬里的人格和懷抱的：

『未與騷人當糗糧，況隨流俗作重陽。正緣在野有幽色，肯爲無人減妙香。已晚相逢半山碧，

便忙也折一枝黃花也應笑東籬族，猶向陶翁覓寵光。』（野菊）

這首詩雖然做得不大好，然而很能夠使我們了解楊萬里的個性。從前的文人是很重名節的，所以楊萬里很爲當代所推重。四庫總目提要亦謂：『以詩品論，萬里不及遊之鍛鍊工細；以人品論，則萬里倜乎遠矣。』

因爲萬里的人品爲人所矜貴，跟着他的詩也更爲人所矜貴了。

現在，我們進而論萬里的詩。萬里詩集流傳下來的共有九種，大約都是中年以後到晚年的作品，每一作集的時代，地域與作風都很有不同，根據萬里的自敍，分述各集的性質如下：

（一）江湖集　此集共七卷，詩七百二十首，作於公元一一六二年至一一七七年。自敍云：『江湖集者蓋學後山及半山及唐人者也。』

（二）荊溪集　此集共五卷，詩四百九十二首。作於公元一一七八年及一一七九年間。這是楊萬里詩風變化的一大轉鈕，自敍云：『作詩忽若有寤，於是辭謝唐人及王、陳、江西諸君子，皆不敢學，而後欣如也。』

(三)西歸集　此集共二百首，蓋一年間的作品也。(公元一一七九年至一一八〇年)題名西歸集者，以萬里自廣東解職西歸返里，詩皆旅途中作，故以西歸題名。

(四)南海集　此集四卷。自敍云：『自庚子至壬寅，有詩四百首(公元一一八〇年至一一八二年)如竹枝歌等篇，每舉以獻友人尤延之，延之必擊節，以爲有劉夢得之味，予未敢信也……延之嘗云予詩每變每進。能變矣，未知猶進否！』

(五)朝天集　此集共六卷，詩四百首。作於一一八四年至一一八七年。據他的自敍，原來楊萬里自作南海集後，病廢一年，沒有作詩。往下的詩都是甲辰年以後在朝廷做的，故集名朝天。

(六)江西道院集　此集共三卷，詩二百五十首。作於公元一一八八年至一一八九年。自敍云：『……帝有旨畀郡，尋賜江西道院，蓋山水之窟宅，詩人之淵林也。』這二百多首詩，乃楊萬里在郡時及歸途中作。

(七)朝天續集　此集共四卷，詩三百五十首。作於公元一一九〇年。自敍云：『昔歲自江西道院召歸冊府，未幾而有廷勞使客之命，於是始得觀濤江，歷淮楚，盡見東南之奇觀，如渡揚子江二詩，予大兒長孺舉似於范石湖、尤梁溪二公間，皆以爲余詩又變，余亦不自知也。』

（八）江東集　此集共五卷，詩五百首。作於公元一一九〇年至一一九二年。乃萬里官江東副漕時，在金陵、廣德、宣池、徽歙、饒信、南康、太平諸地所作。

（九）退休集　此集共七卷，詩八百餘首。作於公元一一九二年以後。萬里活了八十三歲，這些詩便是他晚年的作物。

方回著瀛奎律髓稱萬里：『一官一集，每集必變一格。』我們若是仔細去分析，也許可以說萬里每一種詩集都具有不同的格調；但就大體觀察，則萬里的詩不妨分作兩個時期。前期是模擬的時期；後期是自創的時期。

模擬時期的誠齋詩又可以分爲三個變遷的段落。萬里自敍云：『予生好爲詩。初好之，既而厭之。至紹興壬午予詩始變，予乃喜。既而又厭之。至乾道庚寅，予詩又變。至淳熙丁酉，予詩又變……。』（誠齋南海詩集序）據萬里的自序，可知萬里的詩至少有三次的變遷。這幾次的變遷却都沒有脫離模擬的圈套兒。現在進一步來分析這幾次變遷的內幕：

在紹興壬午以前的誠齋詩，是模擬江西宗派的時期，大約萬里少年時代的詩都包括在內。其江湖集序云：『予少作有詩千餘篇，至紹興壬午七月皆焚之，大概江西體也。』這已經很明顯的指出少年時期的萬里詩，完全是江西派的追求者。雖然那時期的作品已經不存，但在江湖集裏面很容易看出江西體的痕跡。例如涉小溪宿淡山詩：

『徑仄愁斜步，溪深怯正看。破船能不渡，晴色敢辭寒。白退山雲細，青還玉宇寬。險艱明已濟，魂夢未渠安。』

這種詩生澀瘦硬，依然是江西派的末流。原來楊萬里對於黃山谷的詩是異樣崇拜的，其燈下讀山谷詩有云『百年人物今安在，千載功名紙半張。使我詩篇如許好，關人身世亦何妨。』在他的誠齋詩話裏面也累累稱道黃山谷的詩法，則可見其入江西詩派的門徑之深了。

楊萬里詩格的第一次變遷，乃是由模擬江西派變到模擬王安石與陳師道。這也是楊萬里自己說過的：『予之詩始學江西諸君子，既又學後山五字律，既又學半山老人七字絕……』我們知道陳師道雖號稱江西詩派中人，但其詩實有自創的詩格；王安石的詩更是有特立獨行的格調與氣象。萬里學他們的詩很費了些時間。自謂『學之愈力作之愈寡。』江湖集裏面只有五百多首詩，却寫了六年，亦可見其學詩用功之苦了。

楊萬里詩格的第二次變遷，乃是由模擬王安石陳師道變到模擬唐詩。萬里自己也是這樣說：『晚乃學絕句於唐人。』萬里對於唐詩似乎最尊重晚唐，在他的黃御史集序說：『詩至唐而盛，至晚唐而工。蓋當時以此設科而取士，士皆爭竭其心思而爲之，故其工後世無及焉。』

萬里詩裏面的唐詩風味，也可以從江湖集裏面看出來。

以上是萬里詩模擬的三個時期，這三個時期的詩全以江湖集爲代表。到了萬里詩格的第三次變遷，便脫離了模擬時期而入於自創的時期了。這種分期以公元一一七七年爲鴻溝。踏入了一一七七年以後的詩，乃是萬里所謂：『作詩忽若有寤，於是辭謝唐人及王、陳、江西諸君子皆不敢學，而後欣如也』的自成風格的詩，便是當時所稱的『誠齋體』。這種變遷的痕跡在荊溪集裏面很容易看出來，這種『誠齋體』的代表作，便是荊溪集以後的詩。

我們如果不忘記萬里，則這位詩人的偉大也從他自創的詩體——誠齋體——裏面表現出來。

我們說楊萬里是一位白話詩人，這句話大概不會很錯吧。

在這裏我們要注意萬里詩第三次的變遷，要注意萬里『忽若有寤』的情態。那時在荊溪，當萬里作詩的時候，他自己說：『試令兒輩操筆，予口占數首，則瀏瀏焉無復前日之軋軋矣。自此每過午，吏散庭空，卽攜一便面，步後園，登古城，採擷杞菊，攀翻花竹，萬象畢來，獻予詩材，蓋麾之不去，前者未酬，而後者已迫，渙然未覺作詩之難也。』在這一段話裏面，我們得着萬里詩轉變的兩個要點：

第一：楊萬里以前所學的江西派，王安石，陳師道，都是極講究詩的推敲的。江西詩宗派綦嚴，固無論矣；安石作詩注重作法，一字一句均不可苟，可謂推敲之甚；師道作詩，尤重苦吟。萬里爲了學他們的費了幾年的苦心，僅僅寫了一部江湖集。唐詩雖不重技巧，然要模擬唐詩，則又不能不從字句神韻上去用功夫。這可使萬里厭煩於作詩了。現在既不用模擬，而且用白話寫來，自由放肆，一點也不覺得累贅，所以萬里驚喜欲狂的說：『瀏瀏焉無復前日之軋軋矣，』『渙然未覺作詩之難也。』

第二：萬里以前的詩既全重模擬，故其詩描寫的對象乃古人之詩，全在技術上用功夫；現在萬里既脫離了模擬的藩籬，不拘曲於字句神韻，其描寫的對象，乃遷移到自然界去了。詩描寫的範圍也擴大了，任作者去抒寫吟詠。故萬里欣欣然說：『採擷杞菊，攀翻花竹，萬象畢來獻予詩材』，而『麾之不去』了。這也是由於棄模擬而重創製的原因，才能够使楊萬里由『翻古書』『讀古詩』變而爲『步後園』『登古城』呢。

在這裏最值得我們注視的，就是楊萬里在他用白話寫自由詩的時候，發現了一個偉大的詩人，最使他謳歌崇拜的，那是中唐的詩人白居易。試看萬里的讀白氏長慶集：

『每讀樂天詩，一讀一回妙。少時不知愛，知愛今已老。初哦殊驩欣，熟味忽煩惱。多方遣外累，半已動中抱。事去何必追，心淨不須掃。追歎欲掃愁，自遣還自擾。不如卷此詩，喚酒一醉倒：……』

樂天詩居然能夠使萬里忽欣忽愁忽笑忽惱，可見其入魔之深。萬里之誦歌白詩也不是偶然的，一次，在他晚年的詩還說到：『病裏無聊費掃除，節中不飲更愁予。偶然一讀香山集，不但無愁病亦無。』（端午病中止酒）讀樂天詩竟至可以消愁却病，則萬里嗜好白詩之深，更可想見了。我們知道白樂天是著名的白話詩人，而萬里這樣傾倒地崇拜他，則萬里的白話詩受白詩的影響，一定是很深很深而無疑義的。

往下，我們要介紹這種『誠齋體』的詩：

『溪邊小立苦待月，月知人意偏遲出。歸來閉戶悶不看，忽然飛上千峯端。却登釣雪聊一望，冰輪正掛松梢上。詩人愛月愛中秋，有人問儂儂掉頭。一年月色只臘裏，雪汁揩磨霜水洗。八荒萬里一青天，碧潭浮出白玉盤。更約梅花作渠伴，中秋不是欠此段？』（釣雪舟中霜夜望月）

萬里的長詩很多是全用俚語寫成，如中秋玩月、醉吟都是很好的作品。他的小詩也是一樣用活潑的口白寫成，如過眞陽峽：『百灘千港幾濤波，聚入眞陽也未多。若遣峽山生塞了，不知江水倒流麽？』又如江上松徑：『一日江行百折中，回頭猶見夜來峯。好山十里都如畫，更與橫排一徑松。』這樣清新活潑的白話小詩在誠齋詩裏面很多，不嫌再舉幾個例：

『雨來細細復疎疎，縱不能多不肯無。似妒詩人山入眼，千峯故隔一簾珠。』（小雨）

『夕涼恰恰好溪行，暮色催人底急生。半途蛙聲迎步止，一熒松火隔籬明。』（夏至雨霽與陳履常暮行溪上）

『數間茅屋傍山根，一隊兒童出竹門。只愛行穿楊柳渡，不知失却李花村。』（與子仁登天柱岡過胡家塘蕁塘歸東園）

『雨歇林間涼自生，風穿徑裏曉逾淸。意行偶到無人處，驚起山禽我亦驚。』（檜徑曉步）

『籬落疎疎一徑深，樹頭先落未成陰。兒童急走追黃蝶，飛入菜花無處尋。』（蝶）

『霧外江山看不眞，只憑雞犬認前村。渡船滿板霜如雪，印我靑鞋第一痕。』（庚子正月五日曉過大皋渡）

『山路婷婷小樹梅，爲誰零落爲誰開？多情也恨無人賞，故遣低枝拂面來。』（明發房溪）

萬里作詩，有時也很愛苦吟，在他的書莫讀一詩中便很道作詩之苦，如『讀書兩眼枯見骨，吟詩箇字嘔出心，』『口吻長作秋蟲聲，只令君瘦令君老。』可是萬里的詩不全是這樣艱苦『做』成的，他的白話小詩往往是拈筆『寫』成的，如次李與賢韻：『休道曹詩成七步，不須三步已詩成；』又云：『詩如得句偶然來，』可見其作詩的敏捷了。周必大是不很贊許萬里詩的人據(宋史楊萬里傳)，他跋誠齋詩也說：『誠齋大篇短章，七步而成，一字不改，皆掃千軍，倒三峽，穿天心，出月脅之語。至於狀物姿態，寫人情意，則鋪敍纖悉，曲盡其妙，筆端有口，句中有眼。』方回也稱其：『雖沿江西派之末流，不免有頹唐粗俚之處，而才思健拔，包孕富有，目爲南宋一作手，非後來四靈江湖諸派可得而並稱。』於此，可見楊萬里在詩壇所負的文譽了。

雖然，萬里的詩也不是全然沒有瑕疵的。

我們知道白話詩的大忌，是用俚語來故作對仗語和變成打油詩的腔調。萬里的詩却很愛對仗，如什麼『人物王兼謝，詩聲島與郊，』如什麼『偶看淸曉雙雙蝶，飛徧黃花一一枝。』很多腐而且酸的對仗在集中不勝例舉。又如寒雞詩：『寒雞睡着不知晨，多謝鐘聲喚起人。明曉莫教鐘睡着，被他雞笑不須嗔。』這種詩毫無意境，已顯油滑的腔調。更壞的呢，那簡直更不是詩了。例如：

『守臣兩月禱山川，詔旨纔頒便沛然。不是格天緣詔旨，憂民天子本如天。』(六月喜雨)

『王黃二盜久馳聲，手捧腰刀白晝行。逢着村人持一物，喝令放下敢誰爭？』（山歌呈太守胡平一）

在朝天集裏面便很多這樣的壞詩。萬里當時以品節自矜，受理學派的影響很深，所以他的詩也不免染了語錄式的口吻，生硬而不靈活，呆板而失意趣，寫不出好的抒情詩來。這是楊萬里白話詩的一大缺點。可是兩宋的詩壇裏面僅僅楊萬里配說是白話詩人，也就值得我們的矜貴了。葉燮原詩至謂：『宋人富於詩者，莫過於楊萬里周必大，此兩人作，幾無一首一句可采。』周必大且不必論，謂萬里的詩無一首一句可採，則未免過分貶損一點了吧。

第十七章　反江西派的詩人

自元祐以後，江西詩派的勢力便佔據了全宋的詩壇。系統相傳，迄於南宋，江西詩的風氣更加囂張了。彷彿被稱爲江西派中人便值得驕傲，不學江西詩便不時髦。大詩人如陳與義、陸游、范成大，楊萬里雖不是江西嫡派，多少也受了一點江西詩的影響。其餘的小詩人則更不必說，完全沈緬在這個宗派的風氣裏面。

話雖如此，江西詩派也不是牢籠了一切詩人的。加以到了南宋，我們只看見江西派風氣的卑靡，能够如黃庭堅、陳師道的作人固然一個也沒有，即稍能誦讀的作品也極其稀罕。因此一般有爲的作家，都盡力離開江西派的堡壘，而自求發展。我們能够例舉的，有兩種的詩人，他們的作風完全與江西詩相反：

(1)理學家的詩；

(2)詞人的詩。

理學家作詩是用樸實淺俗的語錄筆調，詞人作詩是用婉曲和諧的筆調，與江西派的生硬拗捩的作風絕對不相容，所以都與江西派異道揚鑣，各走各的路。但因國理學家最大的努力在於理學，詞人最大的努力在於詞，他們只是『餘事作詩人』，並不如江西詩人的專心致志於詩；故雖自成風氣，另具詩格，却並不以此名家。他們的詩也却不很叫起一般人的視聽。然而，他們在詩裏面所表現的成績却比江西派高明多了。

理學派試以朱熹爲例，詞人試以姜夔爲例。

朱熹字元晦，婺源人。官至煥章閣待制侍讀他雖是著名的理學家，他的詩却不像那些理學家詩的酸腐。貞一齋詩話說南宋陸、范齊名，范石湖決配不上陸游，惟紫陽朱子可以當之。又說「紫陽雅正明潔，斷推南宋一大家。」這種話是不錯的，我們且看他的作品：

「十里青山蔭碧湖，湖邊風物畫難如。夕陽茅舍客沽酒，明月小橋人釣魚。舊卜草莊臨水竹，來詩野叟問耕鋤。他年待掛衣冠後，乘興扁舟取次居。」（題湖邊莊）

「一曲溪邊上釣船，幔亭峯影蘸晴川。虹橋一斷無消息，萬壑千巖鎖翠烟。」（武夷擢歌十首之一）

「二曲亭亭玉女峯，插花臨水爲誰容？道人不復陽台夢，興入前山翠幾重？」（十首之二）

「鬱鬱層巒夾岸青，青山綠水去無聲。烟波一棹知何許，鶗鴂兩山相對鳴。」（水口行舟）

朱熹學是理學派，詩非理學詩。論者以擬岑嘉州。

姜夔字堯章，鄱陽人。學詩於蕭千巖。因寓吳興，與白石洞天爲隣，自號白石道人。隱居不仕，嘯傲山水，與范石湖、楊萬里諸人相吟詠酬唱。其詞負一代盛名，詩亦甚工：

『細雨穿沙雪半銷，吳宮烟冷水迢迢。梅花竹裏無人見，一夜吹香過石橋。』（除夜自石湖歸苕溪）

『自作新詞韻最嬌，小紅低唱我吹簫。曲終過盡松林路，回首煙波十四橋。』（過垂虹）

『夜暗歸雲繞柁牙，江涵星影鷺眠沙。行人悵望蘇台柳，曾與吳王掃落花。』（姑蘇懷古）

『老去無心聽管絃，病來杯酒不相便。人生難得秋前雨，乞我虛堂自在眠。』（平甫見招不欲往）

姜白石詩稿自序云：『尤延之先生爲余言，近世人士喜言江西，溫潤有如范至能者乎？痛快有如楊廷秀者乎？高古如蕭東夫，俊逸如陸務觀，是皆出自機杼，亶有可觀者，又奚以江西爲？』卽此可見南宋、尤延之、姜白石一派詩人已經很深的疾視江西詩派了。

到了永嘉四靈詩人，則更顯著的標出反江西派的旗幟。

怎樣叫做「永嘉四靈？」因為有四個詩人，都是永嘉人，他們的字又都有個「靈」字，又同是反江西派的詩人，所以文學史上給他們一個「永嘉四靈」的名號。這四詩人是誰？卽徐照、徐璣、翁卷、趙師秀。他們共同的作風，就是摒除江西詩的氣習，效晚唐賈島、姚合之體，以清苦為工。他們的詩最工五律，趙師秀嘗言：「一篇幸止有四十字，更增一字，吾末如之何矣。」其雕繪之刻苦有如此者。

徐照字道暉，一字靈暉，四靈之首也。自號山民。葉適稱其詩「皆橫絕欻起，冰懸雪跨，使讀者變掉慘慄，肯首吟歎，不能自已。然無異語，皆人所知也，人不能道耳。」其詩有芳蘭軒集。例如：

「中婦掃蠶蟻，絜籃桑葉間。小姑摘新茶，日斜正前山。」（春日曲）

「山水七百里，上有青楓林。啼猿不自愁，愁落行人心。」（三峽吟）

「莫愁石城住，今來無莫愁。只重石城水，曾汎莫愁舟。」（莫愁曲）

「初與君相知，便欲肺腸傾。只擬君肺腸，與妾相似生。徘徊幾言笑，始悟非真情。妾情不可收，悔思淚盈盈。」（妾薄命）

「小船停槳逐潮還，四五人家住一灣。貪看曉光侵月色，不知雲氣失前山。」（舟上）

「嫩葉吹風不自持，淺黃微綠映清池。玉人未識分離恨，折向堂前學畫眉。」（柳葉詞）

徐璣字文淵，一字靈淵。原晉江人遷居永嘉。歷官建安主簿，龍溪丞，武當長泰令。年五十九。（公元一一五六年——一二一四年）嘗與徐照等論詩曰：「昔人以浮聲切響單字隻句計巧拙，蓋風騷之至精也。近世乃連篇累牘，汗漫而無禁，豈能名家哉！」著有二薇亭集。詩如：

「西野芳菲路，春風正可尋。山城依曲渚，古渡入修林。長日多飛絮，遊人愛綠蔭。晚來歌吹起，惟覺畫堂深。」（春日遊張提舉園池）

「輕煙漠漠霧綿綿，野色籠青傍屋前。盡說漳南風水好，衆山圍繞一山圓。」（漳州圓山）

「路繞山根石磴斜，小橋流水樹交加。柴門半掩人稀到，五里牌邊三四家。」（五里牌邊）

翁卷字靈舒，又字續古。著有葦碧軒集。徐璣書翁卷詩集後詩云：「五字極難精，知君合有名。磨礱雙鬢改，收拾一編成。」劉克莊亦有贈卷詩云：「非止擅唐風，尤於選體工。有時千載事，只在一聯中。」可見其詩的精工。葉適序其詩，亦稱爲「自吐性情，靡所依傍。」例如：

「幽興苦相引，水邊行復行。不知今夜月，曾動幾人情？光逼流螢斷，寒侵宿鳥驚。欲歸獨未忍，

清露滴三更。』（中秋步月）

『百事已無機，空林不掩扉。蜂沾朝露出，鶴帶晚雲歸。石老苔爲貌，松寒薜作衣。山翁與漁父，相過轉依依。』（書隱者所居）

『綠遍山原白滿川，子規聲裏雨如煙。鄉村四月閑人少，纔了蠶桑又種田。』（鄉村四月）

趙師秀字紫芝，號靈秀。名居四靈之末，而詩實四靈之首。其作風主和平圓潤。嘗云：『莫因饒楚思，詞體失和平。』又自謂『詩篇老漸圓。』梅磵詩話載：『杜小山問句法於師秀，答曰但能飽喫梅花數斗，胸次玲瓏，自能作詩。』著有清苑齋集。詩如：

『一面見溪水，三邊皆翠微。晚來虛檻外，秋近白雲飛。重至恰身老，同吟感客非。靈山自如畫，依舊隔斜暉。』（靈山閣見二徐友舊題句）

『月色一庭深，迢遙千里心。湘江連底見，秋容與誰吟？寒入吹城角，光凝宿竹禽。亦知同不寢，難得夢相尋。』（月夜懷徐照）

『黃梅時節家家雨，青草池塘處處蛙。有約不來過夜半，閑敲棊子落燈花。』（約客）

趙師秀的描寫很有些精工的，如『疎林放得遙山出，又被雲遮一半無；』如『微雨過時松路黑，野螢飛出照青苔；』如『遠愛柳林霜後色，一如春至欲黃時，』都是在詩中展開一幅活躍的畫圖來。但也有對仗很壞的，如『瀟水添湘闊，』却對上一句渺無關係的『唐碑入宋稀。』據詩人玉屑所載，師秀也是一位敲詩大家，所以四庫提要稱其『多得武功一派，專以鍊句為工，而句法又以鍊字為要。』然而，在四靈中，趙師秀總要算是最可矜貴的作家了。

總之，永嘉四靈之所以能夠在宋詩裏面獨樹一幟，可以說完全因為反江西詩的緣故。至於他們自己在詩裏面的成績也很不為一般詩話家所滿。寒廳詩話：『四靈以清苦為詩，一洗黃、陳之惡氣象，猶面目；然間架大狹，學問大淺，更不如黃、陳有力也。』此外滄浪詩話與對床夜話，對於四靈詩都很有貶損的批評。

* * * * *

繼四靈派而起的有江湖派，他們也同樣嚴峻地反對江西詩的作風。戴復古有詩云：『舉世吟哦推李、杜，時人不識有陳、黃，』也可概見當時反江西詩風氣之盛了。江湖派的由來是這樣的：最初，寶慶初年，有錢塘書賈陳起者能詩，凡江湖詩人俱與之善。因取江湖之士以詩著者，凡六十二家，刊爲江湖小集。後來這些江湖小集裏面的作家，都被稱爲江湖派。（據方回瀛奎律髓）四庫提要云：『四靈一派，攄晚唐清巧之思；江湖一派，多五季衰颯之習。』其意似尊四靈體而貶江湖派。但據滄浪詩話所云，則江湖詩人多效四靈之體，蓋亦宗尙晚唐者也。多數的江湖詩人自値不得我們來研究，然其中有幾個名貴的詩人——劉克莊、戴復古、方岳——却不能不有相當的介紹：

劉克莊字潛夫，莆田人。以蔭入仕，官至龍圖閣直學士。他少年時的詩很受四靈的影響，後乃自成一家。著有後村詩話。他也和陸游一樣具有英雄氣魄的詩人，在他的晚年時詩裏面還常常流露出壯闊的回憶和老邁的感慨來：

『寤寐中原獨着鞭，往來絕域幾氈。封侯反出李蔡下，成佛却居靈運先。八百里烹饗軍裔，九千縑䝁作碑錢。秖今誰是田橫客，回首荒坵一慨然。』（夢方孚若）

克莊的詩，論者謂其近楊萬里。就文字的俚俗講，這兩位詩人也實在是有幾分相像。例如：

『稚子呼牛婦饁耕，早秧水足麥風清。老農喜極還垂涕，白首安知再太平！』（田家）

『溪北溪南一兩通，山村佳處便掀篷。老夫不怕無安處，着在漁翁保社中。』（泛舟六絕之一）

『城中人怪我，淸旦買芒鞋。君若知其趣，還應日日來。』（宿山中）

『霜下石橋滑，蛩吟茅店淸。夢回殘月在，錯認是天明。』（答婦兄林公遇）

戴復古字式之，天台黃巖人。居南塘石屛山，因以自號。傳其遊江西，有富家以女妻之。三年忽歸，乃言曾娶婦。翁怒，女曲解之。臨行贈詞有『惜多才，憐命薄，無計可留汝』的悲句。戴後乃投江而死云云。

復古曾學詩法於陸游，後又歷遊江、漢、淮、粵各地，詩乃益進。以詩鳴於江湖間者凡五十年。嘗自云：『詩不可計遲速，每一得句，或終年而成篇』可見其吟詠之工苦。有石屛集。詩如：

『潯陽江頭秋月明，黃蘆葉底秋風聲。銀龍行酒送歸客，丈夫不爲兒女情。隔船琵琶自愁思，何預江州司馬事？爲渠感激作歌行，一寫六百十六字。白樂天！白樂天！平生多爲達者語，到此胡爲不釋然？弗堪謫宦便歸去，廬山政接柴桑路。不尋黃菊伴淵明，忍泣青衫對商婦。』（琵

琶亭）

『池塘渴雨蛙聲少，庭院無人燕語長。午枕不成春草夢，落花風靜煮茶香。』（晚春）

『江頭落日落平沙，潮退漁船閣岸斜。白鳥一雙臨水立，見人驚起入蘆花。』（江村晚眺）

方岳字巨山，號秋崖，新安祁門人。官至吏部侍郎。宋詩鈔稱其『詩主清新，工於鏤琢。故刻意入妙，則逸韻橫流。雖少嶽瀆之觀，其光怪足寶矣。』著有秋崖集。詩如：

『我愛山居好，紅稠處處花。雲粘居士屩，藤覆野人家。入饌春燒筍，分燈夜作茶。無人共襟抱，煙雨話桑麻。』（山居）

方岳宦途失意，坎壈終身，其詩頗多田園之作，描寫亦極像眞：

『春風初晴水拍堤，村南村北鵓鴣啼。含風宿麥青相接，刺水柔秧綠未齊。』（農謠）

『小麥青青大麥黃，護田沙徑遶羊腸。秧畦岸岸水初飽，塵甑家家飯已香。』（其二）

『雨過一村桑柘煙，林梢日暮鳥聲妍。青裙老姥遙相語，今歲春寒蠶未眠。』（其三）

『漠漠餘香着草花，森森柔綠長桑麻。池塘水滿蛙成市，門巷春深燕作家。』（其四）

你看，這種描寫多麼清新，多麼眞實，好像幾個田嫗農婦活現了在我們面前，好像十里稻香的風味便撲上我們的鼻頭。眞的，如此的傑作，決不在范成大田園詩之下。不過因爲作者詩名不高便被忽視過去了。這位作家實在是白描的聖手，不嫌再舉一詩作例：

「此路難爲別，丹楓似去年。人行秋色裏，鴈落客愁邊。霜月敲寒渚，江聲驚夜船。孤城吹角處，獨立渺風煙。」（泊歙浦）

若就江湖派本身的意義說，在宋詩裏面實在沒有什麼價値和地位。只論這三位詩人，其成就似乎還在永嘉四靈的上面；尤其是到了南宋這個時代，他們怕要算是最値得珍視的第一流作家了。

第十八章　晚宋詩壇

「殘月照愁人病酒，好風吹夢客思家。欲知亡國恨多少，紅盡亂山無限花。」（華岳的杜鵑詩）

晚宋的詩壇已經是亡國之音了。

宋詩自南渡以後，雖然最初的南渡詩人在他們的吟詠裏面，很能够表現極深刻的感慨，繼着詩人陸游更不斷的高吟着悲壯的愛國詩，但是，自偏安既定，南北暫時妥協的局面造成以後，一般詩人都輕輕地便把社會和國家忘掉了，回頭走到象牙之塔裏面去高歌：

「華館相望接使星，長淮南北已休兵。便須買酒催行樂，更覓何時是太平。」

「滿船買了洞庭柑，雪色新裁白苧衫。喚得吳姬同一醉，春風相送到江南。」

這是吳則禮的兩首絕句，雖不能代表偏安以後的南宋全部詩人的心理，卻可以代表大部分詩人的享樂心理。這樣頹廢地，消沈地下去，便養成一種卑靡無氣力的詩風。加以自陸游、范成大、楊萬里諸人死掉以後，才氣偉大的詩人便沒有繼續發現了。一般小有才氣的詩人又往往爲派別所囿，不能自拔。各個詩派的內容，又都腐敗不堪：江西詩拗捩之極，固然不可卒讀；同時反江西的詩也拿不出成績來。什麼四靈派，江湖派，都不過是點綴詩壇的寂寞而已，並不曾頑出什麼花樣來。這時的詩壇，實在和南宋的國勢一樣衰弱得可憐。一直到晚宋，才有點活躍的景象。

晚宋詩壇的特色，是受了被外來民族壓迫的刺激，激動了一部分詩人的血和淚，才呈露一種激越悲壯的空氣，替晚宋詩壇罩上一層異彩。

其中最值得我們敍述的是文天祥和汪元量。

天祥字履善，號文山，江西廬陵人。舉進士第一，官至右丞相。以往元軍中解說，被脅至眞州，後又遁歸。募兵抵抗元兵，戰敗被執，囚於燕京，不屈死。詩有文山集。其所作極豪邁，有勁節，類其爲人。例如：

「平原太守顏眞卿，長安天子不知名。一朝漁陽動鼙鼓，大河以北無堅城。公家兄弟奮戈起，一十七郡連夏盟。賊聞失色分兵還，不敢長驅入咸京。明皇父子得西狩，由是靈武起義兵。唐家再造李郭力，若論牽制公威靈。哀哉常山慘鈎舌，心歸朝廷氣不慴。崎嶇坎坷不得志，出入四朝老忠節。當年幸脫安祿山，白首竟陷李希烈。希烈安能遽殺公，宰相盧杞欺日月。亂臣賊子歸何處，茫茫煙土中原土。公死於今六百年，忠精赫赫雷當天。」（過平原作）

在他的一首金陵驛裏面，描寫亡國的哀感，更覺沈痛：

「草舍離宮轉夕暉，孤雲飄泊復何依。山河風景元無異，城郭人民半已非。滿地蘆花和我老，舊家燕子傍誰飛。從今別卻江南日，化作杜鵑帶血歸。」

元量字大有，號水雲，錢塘人。宋亡，隨王室北去，後爲道士南歸。詩有水雲集。李鶴田湖山類稿跋稱：『其亡國之戚，去國之苦，閑關愁歎之狀，備見於詩。微而顯，隱而彰，哀而不怨，欷歔而悲，甚於痛哭。』時人稱爲詩史，例如：

『花底傳籌殺六更，風吹庭燎滅還明。侍臣奏罷降元表，臣妾簽名謝道淸。』（醉歌）

『涌金門外雨晴初，多少紅船上下趨。龍管鳳笙無韻調，却撾戰鼓下西湖。』（醉歌）

『漢兒辮髮籠氈笠，日暮黃金台上立。臂鷹解帶忽放飛，一行塞雁南征泣。』（幽州歌）

其詩悽愴婉惻，讀之令人下淚，在晚宋詩人中汪元量要算是描寫亡國痛的第一個聖手。同時，如游古意的送謝疊山先生北行詞意也很悲涼：

『滿懷忠孝有天知，不管人間事已非。萬里乾坤雙草履，百年身世一麻衣。行藏自信牀頭易，臥病惟餐隴首薇。倘過宗周見禾黍，幾多新淚灑殘暉。』

王英孫（字才翁，號修竹，會稽人）的岳武穆王墓：

「埋骨西湖土一邱，殘陽荒草幾經秋。中原望斷因公死，北客猶能說舊愁。」

還有一個武人張琰，（字汝玉，廣陵人）兵敗鬬死，其詩尤爲淒咽悲壯，例如：

「腰間插雄劍，中夜虎龍吼。平明登前途，萬里不回首。男兒當野死，豈爲印如斗。忠誠表壯節，燦爛千古後。」（出塞曲）

「不見樓東黃布帘，樹猶如此我何堪。裊裊婷婷成無賴，又將春色誤江南。」（官柳）

此外晚宋的詩人如許月卿、眞山民、林景熙、謝枋得、謝翺、鄭思肖諸人，於宋亡之後，或則遁跡山林不仕，或則流浪江湖以終。其作爲詩，或緬懷舊事，或哀感今朝，或寓意隱微，或詞旨淒厲，都是值得我們介紹的。

許月卿字太空，婺源人。宋亡後，深居一室，十年而卒。其詩冲淡，例如：「幾十萬里碧琉璃，中有一圓光照之。更無一物可與對，部勒星宿光陸離。憶昔看月大江頭，天地中間風吹衣。凡客無緣相賓主，獨擕杯酒獨吟詩。祇今千門萬戶閉，良夜京華無人知，似我快活更有誰？故山今宵月更奇，明日懶入眞箇歸。」（京城看月）

眞山民不知其眞姓名，但號山民，其詩蕭散，被稱爲晚宋的陶元亮。詩如：『入夜始維舟，黃蘆古渡頭。眠鷗知讓客，飛過蓼花洲。』（吉水夜泊）又如『行盡山頭路，江空帶夕暉。風蟬聲不定，水鳥影同飛。蕭散烏藤杖，輕鬖白紵衣。試呼垂釣者，分我半苔磯。』（夏晚山行）

林景熙號霽山，平陽人，宋亡不仕。宋詩鈔稱其詩『大概悽愴故舊之作，與謝翺相表裏，翺詩奇崛，熙詩幽婉。』例如：『山風吹酒醒，秋入夜燈涼。萬事已華髮，百年多異鄉。遠城江氣白，高樹月痕蒼。忽憶凭樓處，淮天鴈叫霜。』（京口月夕書懷）著有白石樵唱集。

謝枋得字君直，號疊山，信州弋陽人。南宋亡後，因恢復失敗，隱於閩，元屢徵不就，後被脅迫，不食死。著有疊山集，例如『十年無夢得還家，獨立靑峯野水涯。天地寂寥山雨歇，幾生修得到梅花。』（武夷山中）又如慶全菴桃花也是一首好詩：『尋得桃源好避秦，桃紅又見一年春。花飛莫遺隨流水，怕有漁郎來問津。』

謝翺字皐羽，長溪人，自號晞髮子。曾爲文天祥諮議參軍。天祥被殺，翺逃亡，漫遊各地，所至輒感哭，詩絕悲痛。宋詩鈔稱其：『古詩頗頡頏昌谷，近體則卓鍊沈著，非長吉所及也。』有晞髮集。例如：

「聞君經亂後，居處畏山巔。家在聚如客，糧餘食帶煙。戍鴉分落日，燒草共殘年。因憶先丘壠，於今是極邊。」（寄朱仁中）

鄭思肖字憶翁，號所南，福州連江人。宋亡，隱居吳下，坐臥不北向。有所南集。其詩如：「年高雪滿簪，喚渡浙江潯。花落一杯酒，月明千里心。鳳凰身宇宙，麋鹿性山林。別後空回首，冥冥煙樹深。」（送友人歸）又如「城頭啼鳥隔花鳴，城外遊人傍水行。遙認孤帆何處去，柳塘煙重不分明。」（春日登城）

第十章　宋詩之弊

最後，讓我們來研究宋詩之弊吧。

許多詩話家都曾經對於宋詩加以劇烈的抨擊，這是在前面例舉過的。但是那種抨擊往往是意氣的用事；或是因復古的思想所蔽而輕蔑宋詩；或是含糊的籠統的批評而沒有例證；或是僅僅能夠指明宋詩一方面的缺點，而忽視了另一方面的；這都不是科學的批評，決不能令讀者心服。然而宋詩却不是全然沒有毛病的；不僅不是沒有毛病，而且在宋詩的全體上有幾個很大的缺點，那幾個缺點的力量，終於使宋詩不能得到最大的進步，使宋詩在文學史上的地位降低，這是我們研究宋詩所不能不注意的。

是那幾個缺點呢？

（一）模擬　模擬這兩個字的權威，把全部的宋詩都拋入唐詩的圈套裏面去了，把宋詩新生命產生的可能性都剝削了。我們看：初期的宋詩的三派，西崑的模擬李義山；白體的模擬白居易；晚唐體的模擬晚唐詩人，是完全刻板地在模擬裏面討生活。蘇舜卿、梅聖俞雖然反對西崑，不過表示他們不主張完全模擬晚唐而已，又何曾脫離唐詩的羈絆？歐陽修跟着蘇梅輩唱詩壇的革新，也不過是革西崑體之舊，而復韓昌黎之新，如是而矣，又何曾創立新體？只有王安石、蘇軾在詩歌裏面有新的貢獻，也是他們的聰明才氣使然，決不是他們有意不接受唐詩的影響。其實他們的作風依然薰染唐詩的情調很深的。至於號稱蘇、黃的黃庭堅，則極力學杜甫而未能神似，其創造性較之蘇軾尤爲稀薄。所謂江西詩派也者，更只學得唐人的壞處，不值稱述了。即南宋詩人楊萬里輩，雖然能够脫去江西派的藩籬，結果仍然墮入唐詩的彀中。其餘什麼永嘉派，江湖派，則只能在晚唐，西崑裏面打滾，模擬的本事也不行了。誠然，我們說宋詩學唐，但宋詩仍然是宋詩。不過宋詩因此把創造性剝削了，文學的價值也因此減低了。

（二）詩話　詩話這種東西與詩的創作原來沒有什麼關係的。周末沒有詩話也產生詩經那末好的作品；魏晉時代沒有詩話也產生那麼多的絕妙好詩；唐代詩話不發達，唐詩仍然有很高的成就。偏偏宋人把詩話當作經典，而宋詩便入了魔域。宋代要算是詩話極發達的時期，據四庫全書提要著錄，竟有四十四種之多。

(1)歐陽修六一詩話；
(2)司馬光續詩話；
(3)劉攽中山詩話；
(4)陳師道後山詩話；
(5)魏泰臨漢隱居詩話；
(6)吳幵優古堂詩話；
(7)阮閱詩話總龜；
(8)許顗彥周詩話；
(9)呂本中紫微詩話；
(10)張表臣珊瑚鉤詩話；

(11)葉夢得石林詩話;
(12)藏海詩話(無名氏);
(13)朱弁風月堂詩話;
(14)張戒歲寒堂詩話;
(15)陳巖肖庚溪詩話;
(16)葛立方韻語陽秋;
(17)黃徹碧溪詩話;
(18)計有功唐詩紀事;
(19)吳聿觀林詩話;
(20)環溪詩話(無名氏);
(21)周紫芝竹坡詩話;
(22)胡仔苕溪漁隱叢話;
(23)周必大二老堂詩話;
(24)楊萬里誠齋詩話;
(25)嚴羽滄浪詩話;
(26)魏慶之詩人玉屑;
(27)趙與虤娛書堂詩話;
(28)劉克莊後村詩話;
(29)荊溪林下偶談;
(30)蔡夢弼草堂詩話;
(31)竹莊詩話(無名氏);
(32)周密浩然齋雅談;
(33)范晞文對床夜話;
(34)蔡正孫詩林廣記;

(35)釋文瑩玉壺詩話；　(36)釋惠洪天廚禁臠；

(37)洪邁容齋詩話；　(38)林越少陵詩格；

(39)蔡傳歷代吟譜；　(40)嚴有翼藝苑雌黄；

(41)陳應行吟窗雜錄；　(42)尤袤全唐詩話；

(43)方嶽深雪偶談；　(44)吳子良吳氏詩話。

四庫提要所著錄已經不少，其實還不只此，據草堂詩話所載還有山谷黄魯直詩話、東坡蘇子瞻詩話、秦少游詩話、後山陳無己詩話……

宋代的詩話既不是有系統有組織的文學批評，自不能負指導作者的責任。據我們所知道：宋人詩話十之八九是零碎無章的胡說。其着力處亦全在於韻語、對仗、用字、練句之講究，把一個謹而且嚴的格律擱在新進作家肩上，完全束縛了詩人創作的自由，不讓他們的才氣充分發展，這也是對於宋詩的一大打擊。所以有人說：『詩話作而詩亡。』吳喬也譏笑宋詩話家說：『唐人精於詩，而詩話則少；宋人詩離於唐，而詩話乃多。』楊愼也恨恨的說：『宋人多議論可厭！』

（三）詩派　詩派這個勞什子也是起於宋代的。詩學纂聞云『逮宋而楊大年與錢、劉號江東三虎，詩宗李義山體，謂之西崑體。大年復編敍十七人之詩爲西崑酬唱集。呂居仁推黃山谷爲詩家宗祖，而合二十五人之作爲江西詩派。此則唐以前所未有也。』其實唐代也還沒有詩派。唐詩雖有初、盛、中、晚之說，乃是後人所杜撰，當時並無此種口號；雖有『大歷十才子』與『元和體』之稱，也不過齊名的口語，決不能說是詩派。因爲成立一個詩派，至少須有共同的師法，並須有共同的目的及主張方才算數。宋詩派別很多，（詳見第三章宋詩的發達及其派別）其能夠吻合詩派的原則，有勢力，有羣衆的詩派，至少有四個：

(1)西崑派；

(2)江西派；

(3)理學派；

(4)反江西派。

詩派在中國文學史上實在是一個很壞的現象。每一個詩派都是這樣：他們在積極方面，並不要求，別開生面的成功，只是一味恪守呆板的師法，互相標榜以求榮；他們在消極方面，則排斥異己，反對非其派的詩人。這實在是詩壇最墮落的表現。宋詩不幸發生這麼多紛歧的詩派，實在是宋詩發展的大障礙，也實在是宋詩的大厄運。我們只要問一句：那一個詩派對於宋詩曾有什麼貢獻呢？各個詩派的領袖們的作品，也許還有可觀之處。至於他們那些黨徒的大作，可不堪領教了。所以元遺山詩云：『論詩寧下涪翁拜，未作江西社裏人；』又劉克莊詩云：『派裏人人有集開，競師山谷友誠齋。只饒白下騎驢叟，不敢勾牽入社來，』可見詩派的風氣，在當時也很被一般自由詩人的指摘了。

末了我們不妨重覆地總結一句：『宋詩有三弊：一弊於模擬；二弊於詩話；三弊於詩派。』

第二十章　南宋詩人補誌

宗澤　澤字汝霖，義烏人。曾爲東京留守，大破金兵。他本不是詩人，然文章甚精，有宗忠簡集，詩如：

『煙遮晃目初凝雪，日映斕斑却是花。馬渡急流行小崦，柳絲如織暎人家。』（華陰道上）這樣的小詩，我們眞不料是一位忠武的英雄筆尖裏寫下來的。

楊時　時字中立，將樂人。學於程頤，理學家也。官至龍圖閣直學士。致仕後，以講學著書爲務。時稱龜山先生。有龜山集。其詩理學氣味極濃厚，且故作拗語，不可卒讀。例如：『土床煙足紬衾暖，瓦釜泉乾豆粥新。萬事不思温飽外，漫然清世一閑人。』（土牀）這不復能夠說是詩了。

李綱　綱字伯紀，邵武人。靖康初爲兵部侍郎，高宗卽位，首召爲相。其人品經濟，炳然史册。詩文亦雄深雅健，有梁溪集。詩如：『自別西湖日置懷，卻因謫宦得重來。雲深不見孤山寺，風急難乘搖碧齋。未放幽情窮水石，且將離恨汎樽罍。勝戲須徧山南北，何日晴天爲一開？』（張南仲置酒心淵堂値雨）

王安中　安中字履道，中山曲陽人。官至尙書左丞。文章富贍，詩亦豐潤可愛，有初寮集。例如：『江山已暗大同殿，絲管猶喧凝碧池。別寫嘉陵三百里，右丞心事與誰知？』（題王維畫嘉陵江山圖）論者每因惡其爲人而並貶其詩，那是不合理的。實在說安中詩也很有可稱頌的地方。

許景衡　景衡字少伊，温州瑞安人。官至尙書右丞。有橫塘集。其詩吐語清拔，不露伉厲之氣。四庫提要甚稱其『玉樽浮蟻一樣白，青眼與山相對橫』之句，殊饒風韻。我們不妨舉他的寸碧亭一詩以爲例：『杖屨尋常行樂處，不論小徑與幽亭。誰知蒼莽千峯外，尚有仙山一點青。』卽此可見景衡詩的風味一斑。

葛勝仲　勝仲字魯卿，丹陽人。試學官及詞科均第一，官至寶文閣待制。有丹陽集。詩如：『弱水無風到海山，慈容親禮紫栴檀。亭亭寶刹凌雲近，湛湛清池漱玉寒。橘瘦暗飄紅萬顆，竹迷曾蔭綠千竿。藕花不是南朝夢，眞有殘花透畫闌。』（題觀音院德雲堂）

張守　守字全眞，一字子固，常州晉陵人。官至參知政事兼權樞密院事。有毘陵集。詩如：『隄沙不起潤如酥，坐看飛雲自卷舒。隴陌人閑牛舐犢，柳陂波淺鷺窺魚。殘花糝徑東風後，碧草黏天暮雨初。分付榮枯蝸兩角，濁醪靑杏送春餘。』（汴上小雨復霽）

李光　光字泰發，上虞人。官至吏部尙書，參知政事。以忤秦檜罷去。有莊簡集。詩如：『晚潮落盡水涓涓，柳老秧齊過禁煙。十里人家雞犬靜，竹扉斜掩護蠶眠。』（越州雙雁道中）

趙鼎　鼎字元鎭，解州聞喜人。自號得全居士。累官尙書左僕射，同中書門下平章兼樞密使。有忠正德文集，凡古今體詩二百七十四首。其詩可以雨夜不寐一首爲例：『西風吹雨夜瀟瀟，冷燼殘香共寂寥。要作秋江篷底睡，正宜窗外有芭蕉。」

李彌遜　彌遜字似之，連江人，居於吳縣。官至戶部侍郎，以爭和議，忤秦檜，乞歸。有筠溪集。詩如：『瓜步西頭水拍天，白鷗波上寄長年。箇中認得江南手，十里黃蘆雪打船。』（題趙幹江行初雪圖）

張擴　擴字彥實，一字子微，德興人。官至中書舍人。著有東窗集。詩如：『天上新驂寶輅回，看花仍趁雪英開。折歸忍負金蕉葉，笑插新臨玉鏡臺。女堞未須翻角調，錦囊先喜助詩材。少蓬自是調羹手，葉底應尋好句來。』（約兄楚材西湖觀梅次韻）

翟汝文　汝文字公巽，潤州丹陽人。官至參知政事。嘗從蘇軾、黃庭堅、曾鞏遊，爲文好古，有忠惠集。所作詩不甚可觀，如焦山詩（詞長不錄）這一類的作品，實在值不得加意的介紹。

劉才邵　才邵字美中，盧陵人。檆溪居士，其自號也。官至工部侍郎，權吏部尚書，加顯謨閣直學士。有檆溪居士集。四庫提要稱其詩源出蘇氏，故才氣頗爲縱橫。例如：『菱花炯炯垂鸞結，爛學宮妝勻賦雪。風吹涼鬢影蕭蕭，一抹疎雲對斜月。』（夜度娘歌）

李若水　若水本名若冰，欽宗爲改今名。字清卿，曲周人。官至吏部侍郎。從欽宗如金營，以力爭嚴立不屈死。有忠愍集。其詩具有風度，去國以後的詩，尤愴惋難卒讀。例如：『胡馬南來久不歸，山河殘破一身微。功名誤我等雲過，歲月驚人和雲飛。每事恐貽千古恨，此心甘與衆人違。艱難唯有君親重，血淚斑斑染客衣。』（衣襟中詩）

呂頤浩　頤浩字元直，其先樂陵人，徙居齊州。官至同中書門下平章事。有忠穆集。其詩篇幅不多，例如：『東郊卜築傍溪流，菡萏香中繫小舟。脫去簪紳歸畎畝，悟來漁釣勝公侯。青雲舊好何妨厚，白雪新詩爲寵留。又指湖潭問行路，一堂風月阻同遊。』（次韻張全眞參政退老堂）

唐庚　庚字子西，丹稜人，第進士，爲宗子博士，終承議郎。爲文精密，長於議論，詩亦刻意鍛鍊，工於屬對。有唐子西集。例如：『愛梅長恐著花遲，日禱東風莫後期。及得見梅還冷淡，東風全在小桃枝。』（春日雜興）庚與其兄伯虎同負時譽，然伯虎的研究在經學，論純文藝，則乃兄不及庚遠矣。

曹勛　勛字公顯，陽翟人。官至武義大夫。高宗時，以建議迎徽宗由海道歸，爲執政所嫉，貶於外府者九年。後拜昭信軍節度使。有松隱文集。詩如：『薄陰疎雨溼春容，兩岸增添綠與紅。短櫂悠悠了無事，却憐雲水舊匆匆。』（守閒書事時已退居）語多綺麗，詞甚香豔，蓋襲其父紅窗迴曲之遺風也。

張綱　綱字彥正，金壇人。在北宋時與蔡京不睦，南渡後又忤秦檜，鬱不得志。檜死，始召用，官至參知政事。其人健於爲文，每一落紙，輒傳遐邇。有華陽集四十卷，內詩五卷。例如：『踏殘西日寄僧房，一炷爐熏秋夜長。誰作嚮泉喧客枕，夢回欹枕雨淋浪。』（寄宿隱靜東軒）

劉一止　一止字行簡，湖州歸安人。官至敷文閣直學士。年八十二。有苕溪集。爲詩寓意高遠，自成一家。呂本中、陳與義讀其詩以後，均謂語不自人間來，可見其爲當代所推譽。例如：『渺渺歸帆江北渚，脈脈相望那得語。舟中賈客嬋娟女，朝樂瀟湘暮荊楚。我欲招之問計然，浮名唾去如飄煙。買漁沽酒嘯儔侶，撾鼓弄笛殘彤年。』（識舟亭）

張嵲　嵲字巨山，襄陽人。官至敷文閣待制，終於提舉江州太平興國宮。嘗受學於其表叔陳與義，故其詩格頗似陳氏。劉克莊嘗稱其『故園墳樹想青葱』諸篇七絕，能以標格見長，五古亦語意高簡，意味深長。有紫微集。例如：『一行疎樹對柴門，又見荒烟上晚村。日日牆陰觀日影，人生消得幾朝昏？』（絕句）四庫提要稱嵲的絕句，淸和婉約，較勝與義。我們不嫌再舉一例：『日炙櫻桃已半

紅，更熏花氣滿襟風。路傍謁舍蹲遺獸，應有荒墳在麥中。」（絕句）

王洋　洋字元渤，山陽人。累官起居舍人知制誥，直徽猷閣。居信州城，有荷花水木之趣，因號王南池。闢一室號半僧寮，衣食窶甚，蓋南渡之清流也。有東牟集。其詩極意鏤刻，例如：「塞外風煙能記否？天涯淪落自心知。眼中風物參差是，只欠江州司馬詩。」（琵琶洲）

王之道　之道字彥猷，廬州人。官至朝奉大夫，追贈太師。有相山集。雖不以詩歌見長，而其抒寫性情，具有眞朴之致，例如：「殘月千家閉，荒城萬木號。舉頭華蓋近，回睇啓明高。野迴霜迎面，風清冷透袍。十年河上路，從此步金鼇。」（蒙城早行）

李正民　正民字方叔，揚州人。累官兩浙、江西、湖南撫諭使，終徽猷閣待制。著有己酉航海記，大隱集等書。詩如：「新亭注目了無邊，脫屣塵寰思杳然。萬頃秋濤翻浩淼，一輪明月對虛圓。光生雲漢疑無地，望斷蓬萊別有天。赤水棗花君莫問，新詩賡唱似朱弦。」（海月亭）

潘良貴　良貴字義榮，一字子賤，號默成居士，婺州金華人。高宗時官至左司諫，除徽猷閣待制。爲人持正不阿，朱子亦稱其剛毅近仁。著有默成文集。詩如：「醜虜登城日，中華壯士奔。人皆趨北闕，

君獨死南門。祕計無人用，英聲有史存。秋原悲淚落，桂酒與招魂。』（陳光祿挽詩）

洪皓　皓字光弼，鄱陽人。官至徽猷閣待制。留金十五年始南歸。著有鄱陽集、帝王通要、姓氏指南、松漠紀聞、金國文具錄多種。詩如：『惡吁及厚篤忠純，大義無私遂滅親。後世姦邪殘骨肉，屢援斯語諂良臣。』（石碏大義滅親）洪皓立朝，大節凜然。其詩雖乏情趣，一如其人。

朱松　松字喬年，又字韋齋，朱熹之父也。官至吏部員外郎。有韋齋集。詩如：『林栖相喚出幽谷，我亦欲起天未明。枕中決決響山溜，一似荒城長短更。』（石門寺）

朱翌　翌字新仲，龍舒人。政和進士。紹興中爲中書舍人。秦檜惡其不附己，謫居韶州十九年。名山勝景，遊覽殆遍。有灊山集，其詩才力富健，有元祐遺風。古體跌宕縱橫，近體偉麗伉健，周必大序其詩，擬之杜牧。詩如：『輞川遙展右丞圖，盤谷中藏李愿居。龍睡潭深飛客櫂，鳳鳴枝老結吾廬。但令蠟屐去前齒，安用鴟夷託後車。西望子陵三十里，烟雲來往問何如？』（競秀閣）

郭印　印成都人，自號亦樂居士。性嗜水竹，居雲溪別墅，有雲溪集。四庫提要稱：『其詩才地稍弱，未能自出機杼，而清詞雋語，瓣香實在眉山，以視宋末嘈雜之音，固爲猶有典型矣。』詩如：『雲安

欣及境，小刹爲徘徊。殿閣隨巖轉，軒窗向水開。僧雖持鉢去，客自艤舟來。欲往無留計，幽懷亦暢哉。』（下巖寺）

劉子翬　子翬字彥仲，崇安人。嘗通判興化軍，移疾歸里，築室屏山以終。有屏山集。嘗與呂本中遊，故其詩格律頗染江西風味。例如：『梁園歌舞足風流，美酒如刀解斷愁。憶得少年多樂事，夜深燈火上樊樓。』（汴京紀事）又如『金碧銷磨瓦面星，亂山依舊繞宮城。路人休唱三台曲，台上而今春草生。』（銅爵）

綦崇禮　崇禮字叔厚，高密人，後徙濰之北海。官至中書舍人，寶文閣學士。有北海集。平生以駢體擅長，詩歌篇幅甚少。例如：『林麓陰森徑曲盤，漸驚危步入重巒。地分寶刹臨空翠，天設飛梁跨急湍。霜暗雲蒸山氣肅，雪翻雷輥水聲寒。我來不作多求想，試出神光徧現看。』（題石梁瀑布）

李處權　處權字巽伯，洛陽人，家於溧陽。其著作有詩苑類格、崧菴集。自稱其齒益高，心益苦，句法益老云云。蓋其對於聲律，頗有精研，於詩道實有深造，可稱南渡後一作手。例如：『此行檢校幽棲事，佳處知公故未忘。新筍豈應過母大，舊松想已及人長。老來對客須靈照，貧後持家藉孟光。世亂身

危何處是，二年孤負北窗涼。』（送二十兄還鎮江）

吳可　可字思道，金陵人。官至團練使責授武節大夫。李端叔跋其詩云：『思道詩妙處，略無斧鑿痕。』例如：『南國春光一年歸，杏花零落淡胭脂。新晴院宇寒猶在，曉絮欺風不肯飛。』（春霽）又如：『小醉初醒過竹村，數家殘雪擁籬根。風前有恨梅千點，溪上無人月一痕。』（小醉）

羅從彥　從彥字仲素，沙縣人。官授惠州博羅縣主簿。時稱爲豫章先生，有豫章文集。詩如：『可憐萱草信無憂，誰謂幽蘭解結愁。欲得寸田荊棘斷，祇應長伴赤松遊。』（題一鉢菴）

尹焞　焞字彥明，河南人。官至崇政殿說書兼侍講。賜號和靖處士。著有論語解、門人問答、和靖集諸書。其詩不多，而有情韻，例如：『南枝北枝春事休，啼鶯乳燕也含愁。朝來回首頻惆悵，身過秦川最盡頭。』（自秦入蜀道中作）

阮閱　閱字閎休，舒城人。建炎初，以中奉大夫知袁州。著有松菊集，不傳。有郴江百詠一卷行世，乃其知郴州時所作也。例如：『馬蹄西去夕陽催，濃淡寒山翠作堆。北鴈無情怕秋熱，帶將寒信過江來，』（宣風道上）

曾幾 幾字吉甫，贛縣人，徙居河南。官至禮部侍郎。僑寓上饒茶山寺，自號茶山居士。年七十餘。有茶山集。其詩以杜甫、黃庭堅為宗，頗具風度。例如：『梅子黃時日日晴，小溪泛盡卻山行。綠陰不減來時路，添得黃鸝四五聲。』（三衢道中）

岳飛 飛字鵬舉，相州湯陰人。官至大尉，加少保。屢破金兵，厥功甚偉，為秦檜所譖，死於獄。不以文字著名，而詩文俱妙。有岳武穆集。其所作皆雄放豪壯，一如其人。詩如：『雄氣堂堂貫斗牛，誓將眞節報君讎。斬除頑惡還車駕，不問登壇萬戶侯。』（題青泥市寺壁）又如：『經年塵土滿征衣，特特尋芳上翠微。好山好水看不足，馬蹄催趁月明歸。』（池州翠微亭）

王銍 銍字性之，汝陰人。自稱汝陰老民。官至樞密院編修官。著有七朝國史、侍兒小名錄補遺、默記、四六話、雪溪集。其人治學，以博洽著，不以詩名。王士禎居易錄亦詆其詩不甚工。例如：『青山春又到，白髮策烏藤。已是他鄉客，還同寄住僧。瘦松黏凍雪，流水帶寒冰。更覺蒼崖路，雲深不可登。』（雲門寺）

呂本中 本中原名大中，字居仁，壽州人。官至中書舍人，兼直學士院。學者稱為東萊先生。著有春秋解、童蒙訓、師友淵源錄、東萊詩集、紫微詩話等書。其詩法出於黃庭堅，江西宗派圖卽其所作。敖陶孫詩評稱其詩如散聖安禪，自能奇逸。例如：『客事久輸鸚鵡杯，春愁如接鳳凰臺。樹陰不礙帆影過，雨氣卻隨潮信來。山似故人堪對飲，花如遺恨肯重開。雪籬風榭年年事，辜負韶光取次回。』（暮步至江上）胡仔苕溪漁隱叢話則指出『樹移午影重簾靜，門閉春風十日閑』『往事高低半枕夢，故人南北數行書』『殘雨入簾收薄暑，破窗留月鏡微明』諸句以爲雋語。其實這未免把本中詩的好處割裂了，我們要看出他的詩的好處，應該去欣賞整篇的作品，一二對仗語之工，決不能盡呂本中詩之長。

胡銓　銓字邦衡，廬陵人。孝宗時，官至中書舍人兼國子祭酒，權兵部侍郎，以資政殿學士致仕。有澹菴文集。其詩可以題自畫瀟湘夜雨圖爲例：『一片瀟湘落筆端，騷人千古帶愁看。不堪秋著青楓港，雨潤煙深夜釣寒。』

胡寅　寅字明仲，崇安人。官至徽猷閣直學士。從學於楊時，學者稱致堂先生。著有論語詳說、讀史管見、斐然集。詩如：『冠月裾雲佩綠霞，百年將此送生涯。愁心別後無詩草，病眼燈前有醉花。落筆

擅場聊寫意，背山臨水遂成家。也須南畝多栽竹，休似東陵只種瓜。』（和趙宣）

胡宏　宏字仁仲，崇安人。傳其父安國之學。學者稱五峯先生。著有知言、五峯集。凡詩一百零六首，蓋長於理學，不以此見工也。例如：『超然峯頭秋氣清，廓然堂延秋月明。我乘清秋弄明月，中有所感思冥冥。峯勢凌蒼穹，上有煙林封，去天不盈尺，路斷心忡忡。——虛名過耳如松風。』（西林寺廓然堂有懷）

鄭剛中　剛中字亨仲，金華人。累官四川宣撫副使。著有周易窺餘、經史專音、北山集。其詩峭健，例如：『嶺南霜不結，風勁是霜時。日落晚花瘦，山空流水悲。棲鴉尋樹早，凍蟻下窗遲。季子家何在，衣單不自知。』（寒意）剛中少時貧甚，此詩蓋其寫實也。

仲并　并字彌性，江都人。紹興壬子進士第，官至光祿丞，出知蘄州。有浮山集。四庫提要稱其詩清雋拔俗，王應麟困學紀聞更稱其『政恐崖州如有北，卻應未肯受讒夫』之句。這也未免過譽，仲并的詩似乎很少值得我們稱道的作品。

吳芾　芾字明可，自號湖山居士，台州仙居人。官至禮部侍郎，以龍圖閣直學士致仕。有湖山集。

其詩才力甚富，往往瀾翻泉湧，奇出無窮。晚年詩乃漸趨平淡。例如：『漠漠黃雲塞草稀，年年空說翠華歸。孤臣淚盡仍嘗膽，白首江湖鴈北飛。』（北望）詩意悲壯，不愧爲南渡詩人。四庫提要則尤稱其輓元帥宗澤諸篇，排奡縱橫，自成一格。

汪應辰　應辰字聖錫，信州玉山人。紹興五年登進士第一，官至敷文閣學士，四川制置使。與張九成、呂本中、胡安國、呂祖謙、張栻諸人相友善，於朱熹則爲從表叔。其學問自具淵源。著有文定集二十四卷。詩如：『先生高臥武夷巔，一旦趨朝豈偶然。報國自期如皦日，歸田曾不待來年。懷銘共笑揚雄老，鞭馬今輸祖逖先。册府風流久寥落，送行始復有詩篇。』（分韻送胡丈歸）

黃公度　公度字師憲，莆田人。紹興八年進士第一，官考功員外郎。卒年僅四十八。有知稼翁集。詩如：『萬里西風入晚扉，高齋悵望獨移時。迢迢別浦帆雙去，漠漠平蕪天四垂。雨意欲晴山鳥樂，寒聲初到井梧知。丈夫感慨關時事，不學楚人兒女悲。』（悲秋）

王之望　之望字瞻叔，襄陽穀城人，後寓台州。官至參知政事。有漢濱集。其詩近體甚工，例如：『滄浪渡口莫愁鄉，萬頃寒煙落木霜。珍重使君留客意，一樽芳酒對斜陽。』（過石城）又如：『江

上危亭思黯然，追遊陳迹欲經年。別來西望應相憶，郢樹荊門共一川。」（同上）

陳長方　長方字齊之，福州長樂人。寓吳中，從王蘋遊。隱居步里，閉門研窮經史。學者稱唯室先生。著有步里客談、尚書傳、春秋傳、禮記傳、兩漢論、唐論、唯室集多種。其詩可引題武定本蘭亭爲例：

「此甥此舅兩風流，翰墨相傳不誤投。大似曹溪付衣鉢，臨池他日看銀鉤。」

范浚　浚字茂名，蘭溪人。紹興中，舉賢良方正，辭不就。著有香溪集，詩凡三卷。其詩法猶守元祐舊格，不涉江西宗派。讀長門賦可爲其詩之一例：「阿嬌負恃顏色好，那知漢帝恩難保。一朝秋花落芙蕖，幾歲長門閉春草。自憐長世等前魚，舊寵全移衛子夫。獨夜不眠香草枕，東箱斜月上金鋪。曉驚永巷車音近，失喜疑君枉瑤軫。臨風望幸立多時，却是輕雷璋隱隱。年年織女會牽牛，百子池邊侍宴遊。自從一落離宮後，無復穿鍼更上樓。」

周紫芝　紫芝字少隱，宣城人。紹興中登第，歷官樞密院編修官，出知興國軍。自號竹坡居士。著有大倉稊米集七十卷。自言作詩先嚴格律，然後及句法。四庫提要稱：其詩在南宋之初，特爲傑出，無豫章生硬之弊，亦無江湖末派酸餡之習。例如：「西子湖邊一短窗，幾年和雨看湖光。青山換得微官

去，魚鳥應須笑漫郎。』（將別湖居）

吳儆　儆字益恭，休寧人。歷官朝散郎，廣南西路安撫使，主管台州。有竹洲集。其詩意境鏟削，近陳師道，例如：『負釁得老窮，掃軌事幽屛。跫然羅雀門，有客頎而整。悲歡十年別，樽酒清夜永，妙句時驚人，盈軸肯傾廩。三日語未休，霜寒夢歸省。臨流分別袂，波光照孤影。重念吾何人，雪屋清燈冷。劉子抱遺經，深井汲修綆。曹子中庸學，天理窮性命。老驥鼓不作，搴旗望心等。天晴風日佳，何時過鼪徑。石鼎燃豆萁，冰菹煮湯餅。』（汪叔耕見訪，不數日別去，惡語爲贈，兼簡子用、子美二友）

晁公遡　公遡字子西，鉅野人。嘗爲涪州軍事判官，施州通判。有嵩山居士集。其詩可以合江舟中作爲例：『雲氣昏江樹，春遊沒釣磯。如何連夜漲，似欲送人歸。亂石水聲急，片帆風力微。舟師且停櫓，白鷺正雙飛。』

陳淵　淵字知默，一字幾叟，沙縣人。官至宗正少卿。嘗題所居之室曰默堂，有默堂集。作詩不甚雕琢，時露眞趣，例如：『荼蘼臥雨有餘態，芍藥倚風無限情。正是江南花欲盡，濃雲來到日微明。』（和司錄行縣道中偶風雨有感之作）

曾協　協字同季，南豐人。紹興中舉進士不第，官至臨安通判，權知永州事。有雲莊集。其詩可以芭蕉爲例：『炎蒸誰解喚淸涼，扇影搖搖上竹窗。準擬小軒添睡美，夢成風雨夜翻江。』

林季仲　季仲字懿成，永嘉人。歷官太常少卿，知婺州。自號蘆山老人。有竹軒雜著。詩如：『路轉溪回草木香，有人荷笠山之陽。定知我是金華守，笑道牧民如牧羊。』（題赤松山皇初平祠），

鄭樵　樵字漁仲，莆田人。官至樞密院編修。居夾漈山，學者稱夾漈先生。好爲考證倫類之學，著通志二百卷，著稱於世。有夾漈遺稿。凡古近體詩五十六首。樵作詩不甚修飾，而蕭散無俗韻。例如：『西風洩洩片雲閑，一夜寒泉臥北山。倚杖巖頭秋獨望，稀疏煙壠是人間。』（北山巖）

史浩　浩字直翁，鄞人。孝宗時拜相。著有尙書講義、鄮峯眞隱漫錄。詩如靑樞子：『羽幰新從帝所回，餘歡未盡玳筵開。酒抛靑子香泥上，留與仙家取次栽。』

周麟之　麟之字茂振，海陵人。官至同知樞密院事。有海陵集。其詩流傳甚少，也不甚工，如金瀾酒（詞長不錄）一類的詩，殊不足以副其文譽。

李流謙　流謙字無變，漢州德陽人。官至奉議郎，通判潼州府。有澹齋集。其詩筆力峭勁，不屑屑

以雕琢爲工，例如梅村分韻得時字（詞長不錄）可以算是他的代表作。

馮時行　時行字當可，璧山人，官至提點成都刑獄公事。著有縉雲文集。詩如：『至日寒無賴，今朝愁奈何。兩官黃屋遠，二老白頭多。聖主今嘗膽，皇天忍薦瘥。乾坤爲回首，慷慨一悲歌。』（至日）

羅願　願字端良，號存齋，歙人。乾道進士。博學好古，法秦、漢爲詞章，高雅精鍊。著有爾雅翼、鄂州小集、新安志。詩如：『老照軒前翠已成，忽驚嘉樹碧玲瓏。幽芳自出禪枝外，圓相長標法窟中。過客莫辭三宿戀，道人已費十年功。要須共結團圞坐，賞盡淸秋面面風。』（題興善寺碧玉軒木犀）

林光朝　光朝字謙之，莆田人。官至中書舍人，鄭俠之壻也。有艾軒集。其詩可以吳徐刪定德裏爲例『修文巷裏暮春前，欲上旗亭問客船。忽有短牋無寄處，漁梁却在淚痕邊。』

尤袤　袤字延之，無錫人。官至大常少卿。著有遂初小稿、內外制、梁谿遺稿。袤詩在當時與楊萬里、陸游、范成大齊名，號曰『尤、楊、范、陸。』論者並謂袤與石湖冠冕佩玉，端莊婉雅。然其詩散佚大甚，僅餘殘章斷簡，非三家之有完本流傳者可比。可是其優美的詩風，卽在少數的篇幅裏面也可看得來，例如：『淸溪西畔小橋東，落月紛紛水映紅。五夜客愁花片裏，一年春事角聲中。歌殘玉樹人何在？

舞破山香曲未終。卻憶孤山醉歸路，馬蹄香雪襯東風。』（落梅）

周必大　必大字子充，廬陵人。一字洪道，自號平園老叟。官拜右丞相，封濟國公，以少傅致仕。著書八十一種，有平園集二百卷，（亦稱文忠集，文忠其謚號也）內中二老堂詩話二卷，乃其論詩之著作。詩如：『君家臨川我廬陵，兩郡相望宜相親。長安城中初結綬，石灰橋畔還卜鄰。扣門問道日不足，篝燈照夜論心曲。寸莛邪許撞洪鐘，跛鱉近將隨騄駬。聞君上書苦求歸，君今豈是當歸時？滿朝留君君不顧，我雖歎息何能爲。莫攀楊柳濤江岸；莫唱陽關動淒斷。行行但祝加餐飯，潮落風生牢繫纜。』（送光祿寺丞李德遠請春祠）宋詩鈔稱必大的詩說：『詩格澹雅，由白傅而溯源浣花者也。』

李石　石字知幾，資州人。官至大學博士。直情徑行，不附權貴。出主石室，就學者如雲，閩越之士，皆萬里而來，刻石題諸生名幾千人。間作文章，風調遠俗，詩體跌宕，跡近眉山。有方舟集，詩凡五卷。例如：『我生江南上峽來，繫舟夜泊雲雨台。行到四川一萬里，杜鵑聲急桃花開。』（瞿塘峽）石蓋學問氣節之士，不以詩著名者也。

林亦之　亦之字學可，號月漁，福淸人。繼其兄光朝講學於紅泉。有網山集。劉克莊稱其詩得少陵之髓，律詩高妙者，絕類唐人。實則林詩殊當不起這樣的稱譽，例如：『黃花時候苦思鄉，急水還家一日强。不道南風打頭上，客船搖櫓作重陽。』（九日下水口）亦之詩最愛用白話抒寫，也要算是一種特色。

呂祖謙　祖謙字伯恭，壽州人。中博學弘詞，官至直祕閣著作郎，國史院編修。與朱熹、張栻齊名，號東南三賢。學者稱東萊先生。著有古周易、春秋左氏傳說、東萊左氏博議、大事紀、歷代制度詳說、少儀外傳、呂氏家塾讀書記、東萊集。其文詞宏肆辨博，淩厲無前，詩則淸婉可喜。例如：『石梁俯淸流，苔髮明可數。茅檐春晝長，寂寂亭陰午。鳥啼花徑深，風絮浩無主。幽人不可覿，棊聲時出戶。』（野步）

陳傅良　傅良字君舉，號止齋，瑞安人。官至寶謨閣待制。學者稱止齋先生。其著作甚富，有止齋文集。爲文高雅堅峭，自成一家。其詩可以題仙巖梅雨潭爲例：『滾滾羣山俱入海，堂堂背水若重闉。怒號懸瀑從天下，傑立蒼崖夾道陳。晉、宋至今堪屈指，東南如此豈無人？結廬作對吾何敢，聊向漁樵寄此身。』

王十朋　十朋字龜齡，號梅溪，樂淸人。累官太子詹事，以龍圖閣學士致仕。著有梅溪集、春秋尙書論語解、會稽三賦、東坡詩集註。其詩渾厚質直，懇惻條暢，如其爲人，例如：『偕老相期未及期，回頭人事已成非。逢春尙擬風光轉，過眼忽驚花片飛。』（悼亡）

樓鑰　鑰字大防，奉化人。官至同知樞密院，參知政事。自號攻媿主人，有攻媿集。其詩工於聲偶，王應麟困學紀聞與王士禛居易錄均摘錄其句之工者。例如西山資國寺：『野溪淸淺度危橋，徑策枯筇上紫霄。曉霧暗蒸山寺雨，松風深隱海門潮。浮杯水漲人何在？洗鉢池淸意已消。又上樂亭台上看，雲山萬疊更逍遙。』

曾豐　豐字幼度，樂安人。官至知德慶府。室築晚年，自號撙齋，有撙齋集（亦稱緣督集）。其學根柢深邃，詩亦淸麗可頌，例如：『草徑蜿蜒十里閑，雲關若在畫圖看。萬松密翠地無影，一水長淸天自寒。』（疎山在金谿縣）

楊簡　簡字敬仲，慈溪人。官至寶謨閣學士，一代之循吏也。學者稱慈湖先生，著有甲乙稿、楊氏易傳、五誥解、慈湖詩傳、冠記、昏記諸書。其詩可以題仙山院默齋爲例：『漸漸疎鐘動，深深一徑開。炎光隔林麓，淸興遶雀蒐。擬作臨流賦，應須倩雨催。小窗宜掛起，且放竹風來。』

陸九淵　九淵字子靜，金谿人。官至奉議郎，知荊門軍。有象山集。其詩可以疎山（在金谿西南）爲例：『村靜蛙聲幽，林芳鳥語驚。山磬分皓葩，隴麥搖靑穎。離懷付西江，歸心薄東嶺。忽忘飢歎憂，翻令發深省。』

王炎　炎字晦叔，婺源人。官至軍器少監。其詩文博雅精深，具有根底。有雙溪集。例如：『出郭栽花涉小園，歸調琴譜輯詩篇。少年豪健今收斂，休羨騎鯨李謫仙。』（題姜堯章舊遊詩卷）

劉爚　爚字晦伯，建陽人。官至工部尚書。學者稱雲莊先生。著有奏議、史稿、經筵故事、東宮詩解、禮記解、講堂故事、雲莊外稿。嘗從學於朱熹，理學甚精，不以詩著名。例如：『楡關玉塞靜無塵，嘉定於今第四春。兩國交馳通好使，八方同作太平人。翠鼉鼓奏娛嘉客，白獸樽浮賞諫臣。聖歷欲茲天共遠，年年玉帛會楓宸。』（金國賀正旦使人到闕紫宸殿宴）按當時黃河流域久已陷於金國，而詩中尙云『楡關玉塞靜無塵』，可見南宋時代的頹靡一斑。

洪适　适字景伯，鄱陽人。官至同中書門下平章事，兼樞密使。有盤洲集。其文工於儷偶。詩如：

『秋夢不能曉，起行山徑迷。小車驚宿鷺，列炬誤鳴雞。冷怯霜華重，光瞻斗柄低。金庭有佳處，芳桂想幽棲。』（曉發泰安驛）

洪邁　邁字景盧，适之弟也。官至敷文閣待制，以端明殿學士致仕。其學問甚博，究極羣書，著有史記法語、南朝史精語、經子法語、洪齋隨筆、夷堅志諸書。文集有野處類稿二卷。其詩甚少而精，例如：『江湖久客日思家，坐覺微霜上鬢華。節序又催秋後雁，風光爭發雨前花。倦遊已夢莊生蝶，不飲何憂廣客蛇。怪底朝來衣袖薄，一川白露下蒹葭。』（秋日漫興）

薛季宣　季宣字士龍，永嘉人。號艮齋，世稱艮齋先生。官太理寺主簿。著有書古文訓、詩性情說、春秋經解指要、大學說、論語小學約說、浪語集諸書。傳河南程氏之學，復與朱熹、呂祖謙等往來。朱氏喜談心性，而季宣則兼重事功。詩不甚有名，例如：『萬古英台面，雲泉響佩環。練衣歸洞府，香雨落人間。蝶舞疑山魄，花開想玉顏。幾如禪觀適，遊魶戲澄灣。』（遊竹溪善權洞）

蔡戡　戡字定夫，其先興化軍仙遊人，移寓常州武進縣。官至寶謨閣直學士。有定齋集。其詩可以題盱眙爲例：『自古東南第一山，於今無異玉門關。亂雲衰草蒼忙外，赤縣神州指顧間。擊楫何人酬壯志，凭欄終日慘愁顏。中原父老應遺恨，祇見氈車歲往還。』

葉適　適字正則，永嘉人。官至寶文閣待制，兼江淮制置使。去職後，杜門著述，自成一家，學者稱水心先生，有水心文集。其文章雄贍，才氣奔逸，在南宋卓然爲一大宗。詩如：『牡丹乘春芳，風雨苦相妒。朝來小庭中，零落已無數。魂消梓澤園，腸斷馬嵬路。盡日向欄干，躊躇不能去。』（前日入寺觀牡丹，不覺已謝，惜其穠豔，故以詩悼之）

張鎡　鎡字功甫，號約齋，官奉議郎，直祕閣。善畫竹石古木。著有仕學規範，南湖集。席其祖父富貴之餘，湖山歌舞，極意奢華。嘗卜居南湖，名其軒曰桂隱，園池聲伎服玩之麗，甲於天下。其詩造詣頗深，楊萬里誠齋詩話稱其寫物之工，絕似晚唐。例如：『九鎖非凡境，煙雲路不分。山寒長帶雨，洞古不收雲。夜宿聽林鶴，晨炊摘野芹。黃冠皆好事，添炷石爐熏。』（遊九鎖山）

劉應時　應時字良佐，四明人。有頤菴居士集。其詩楊萬里擬之王安石，未免太過。但在南宋中不失爲一作家。例如：『迎春寒色愈嚴凝，小閣爐殘冷欲冰。寂寞黃昏愁吊影，雪窗怕上短檠燈。』（雪夜）

曾極　極字景建，臨川人。著有金陵百詠。其詩如：『高屋建瓴無計取，二梁剛把當殽函』（天門山）『江右於今成樂土，新亭垂淚亦無人』（新亭）之句，皆緬懷中原，寓意深遠。又如：『裙腰芳草抱長隄，南浦年年怨別離。水送橫波山斂翠，一如桃葉渡江時。』（桃葉渡）又如『寒泉玉甃沒春蕪，石染胭脂潤不枯。杳怨桃羞嬌欲墮，猶將紅淚灑黃奴。』（胭脂井）類皆詞旨悲壯，有磊落不羈之氣。

魏了翁　了翁字華父，蒲江人。官至端明殿學士，同僉書樞密院事，督視京湖軍馬。嘗築室白鶴山下，學者稱鶴山先生。著有鶴山集、九經要義、古今考、經外雜鈔、師友雅言等書。其詩可以題米南宮雲山圖為一例：『漠漠雲村小小山，誰家茅屋隱松間。石橋已過天台遠，采藥仙人去未還。』

陳造　造字唐卿，高郵人。官至淮南西路安撫司參議。後自以無補於世，置身江湖，自號江湖長翁，有江湖長老文集。其詩可以泛湖為一例：『酒邊涼意雨餘生，望夜重期看月明。安得水仙會解事，巧隨人意作陰晴。』

盧祖皐　祖皐字申之，又字次夔，號蒲江，永嘉人。慶元進士，嘉定中以軍器少監直北門。有蒲江

集。詩如：「兩山風雨故留寒，九陌香泥苦未乾。開到海棠春爛縵，擔頭時得數枝看。」（玉堂有感）

眞德秀　德秀字景元，後更字景希，浦城人。官至參知政事。學者稱西山先生。著有大學衍義、唐書考疑、讀書記、文章正宗、西山甲乙稿、西山文集、四書集編等書。其詩可以皇后閤端午帖子爲一例：

「瑤池十丈藕花香，清賞尤便水殿涼。聞說內看多樂事，前星親自捧霞觴。」

孫應時　應時字季和，自號燭湖居士，餘姚人。官至常熟縣令。有燭湖集。詩如：「簿書流汗走君房，那得狂奴故意降。努力諸公了台閣，不煩魚鴈到桐江。」（讀通鑑）

張栻　栻字敬夫，廣漢人。歷官左司員外郎，除祕閣修撰，終於荊湖北路安撫使。有南軒集。詩如：

「城南望西山，秋意已如許。雲影渡江來，霏霏半空雨。」（題城南）又如：「團團臨風桂，宛在水之東。月兒穿林影，却下碧波中。」（東渚）張栻的詩名雖不甚著，他的小詩却實在寫得不壞，不嫌再舉一例：「繫舟西岸邊，幅巾自來去。島嶼草木深，蟬鳴不知處。」（西嶼）

裘萬頃　萬頃字元量，新建人。官至大理寺司直。有竹齋詩集。其詩風骨未高，而清婉有餘，例如：

「新築書堂壁未乾，馬蹄催我上長安。兒時祇道爲官好，老去方知行路難。千里關山千里念，一番風雨一番寒。何如靜坐茅齋下，翠竹蒼梧子細看。』（歸思）萬頃的詩，筆調很通俗，這也是一種特色。

趙蕃　蕃字昌父，號章泉，其先鄭州人，南渡後寓信州之玉山。以蔭入仕，官至承議郎，直祕閣。有乾道稿。其詩有陶、阮意，一無俗態，例如：『朝來一雨快陰晴，東郊百鳥鬧關鳴。受風柳絮不自惜，蘸水桃花可憐生。不見山陰蘭亭集，況乃長安麗人行。東西南北俱爲客，且送江頭返照明。』（上巳）

劉過　過字改之，廬陵人。以詩遊謁江湖，飄流終生。有龍洲集。其詩文多粗豪抗厲，才氣橫溢。例如：『桑柘村村煙樹濃，新秧刺水麥梳風。舟行苕、霅雙溪上，人在浙、杭兩郡中。鼓角麗譙喧旦暮，旌旗小隊閙青紅。主人夙有神仙骨，合住水晶天上宮。』

陳亮　亮字同甫，永康人。光宗策爲進士第一，授僉書建康府判官。著有三國紀年、歐陽文粹、龍川文集、龍川詞。其詩文豪邁縱橫，不可控勒。例如：『疎枝橫玉瘦，小蕚點珠光。一朵忽先變，百花皆後香。欲傳春信息，不怕雪埋藏。玉笛休三弄，東君正主怯。』（梅花）

葛天民　天民字無懷，山陰人。有小集。詩如：『晴嵐漠漠水溶溶，落葉遮船翠蓋重。秋色盡爲漁者占，山光多向道人濃。雲連合抱前村樹，磵繞飛來小朶峯。送罷夕陽迎素月，樓台高下自鳴鐘。』（西

湖泛舟入靈隱山）

周文璞　文璞字晉仙，號方泉，又號野齋，又號山楹，陽穀人。江湖詩人之一，有方泉集。其詩張端義貴耳集擬之於李白、李賀，四庫提要譏其比擬不倫，甚是。例如：『幽花墜在石根傍，幾欲攜將近草堂。草草一尊聊爾爾，跨驢歸去月荒涼。』（訪梅）

潘檉　檉字德久，永嘉人。舉進士不第，官閤門舍人，福建兵鈐。有轉菴集。其詩可以歲暮懷舊爲一例：『白髮將生顏，一去幾時返。懷哉不能寐，展轉復展轉。雀噪曉窗白，鷄鳴芳歲晚。梅花眼中春，故情千里遠。』

華岳　岳字子西，貴池人。登嘉定武科第一，爲殿前司官。有翠微南征集。其詩語抗直，自有風格，例如：『十年客裏過春光，客裏逢春分外狂。半堵碧雲蝸路濕，一簾紅雨燕泥香。銜山西日辭香閣，拍岸春風趁夜航。莫向錢塘蘇小說，東吳新髻李紅娘。』（別館卽事）

高翥　翥字九萬，號菊磵，孝宗時遊士，有信天巢遺稿。其詩五七言均可頌，例如：『慶娘鬟翠眉，春瘦怯羅衣。笑問採花蜨，如何成對飛。』（題二小姬扇）又如：『門草歸來上玉堦，香泥微汚合歡

鞋。全籌贏得無人賞，依舊春愁自滿懷。』（春詞）

游九言　九言字誠之，建陽人。官至荆鄂宣武參謀官，特贈直龍圖閣。有默齋遺稿。其詩有晚唐風，例如：『簷頭燕子說春寒，胡蝶悠悠午夢殘。睡起高樓多少恨，天涯小雨怯欄干。』（美人倚樓圖）

柯夢得　夢得字東海，莆陽人。屢上春官不第，後以特科入仕。有抱甕集。詩如：『朝採陌上桑，暮採陌上桑，一桑十日採，不見薄情郎。正是吳頭桑葉綠，行人莫唱江南曲。』（陌上桑）

洪咨夔　咨夔字舜俞，於潛人。官至刑部尚書。著有春秋說、平齋文集、平齋詞諸書。平生多作經講制誥之文，詩篇甚少，例如：『禁門深鎖寂無譁，濃墨淋漓兩相麻。唱徹五更天未曉，一池月浸紫薇花。』（直玉堂作）

吳泳　泳字叔永，潼川人。官至權刑部尚書，終寶章閣學士。著有鶴林集。其詩可以題住山龔沖妙艮泓軒為一例：『舊與清泉白石盟，身閒方作洞霄行。青山延客元無鎖，碧澗流花似有情。古洞欲隨仙隱去，高岡終待鳳來鳴。道人喚我松間飲，坐拂寒雲月未生。』

程公許　公許字季與，一字希潁，敘州宣化人。官至權刑部尚書，寶章閣學士，知隆興府。有滄洲塵缶編。其爲文才氣磅礴，風起源湧，下筆不能自休，皆直抒胸臆，不以鍛鍊爲工。詩如：「春工彈巧萬花叢，晚見昭儀擅漢宮。可惜芳時天不借，三更雨歇五更風。」（牡丹）

袁甫　甫字廣微，鄞縣人。歷官吏部侍郎兼國子祭酒、權兵部尚書。有蒙齋集。其詩文雖無深造，而皆明白暢曉。如題陳和仲尊明亭（四言詩）可爲其詩之一例。

陳耆卿　耆卿字壽老，臨海人。官至國子監司業。著有論孟紀蒙、赤城志、篔簹集。（篔簹其號也）葉適稱其詩云：「陳君之作，馳驟羣言，特立新意，險不流怪，巧不入浮。」例如糶食行「今年種麥如去年，去年滿屋今空田」及「催租官吏如束濕，里正打門急復急」之句，描寫是很深刻的。

李刘　刘字公甫，崇仁人。官至寶章閣待制。有四六標準。其爲文僅工儷語。詩之佳者如「壯志已違黃鵠下，老身合占白鷗前。夜來耿耿江湖夢，秋水長天一釣船。」（記夢）

吳潛　潛字毅夫，宣州寧國人，嘉定十年進士第一，官至參知政事、右丞相兼樞密使，進左丞相，封許國公。有履齋遺集，凡詩一卷。其作詩頗平衍，例如：（春陰漠漠誠輕寒，春晝無聊午夢閑。幽鳥不知人意改，銜花飛傍小闌干。」（即事）又如「桃花幾片隔牆飛，獨自危樓徙倚時。月送斷鴻雲外

沒，東風吹淚落天涯。」（古春亭卽事）

王邁　邁字實之，興化軍仙遊人。官至漳州通判。有臞軒集。凡詩四百四十三首。其詩多俊偉，類其爲人。例如：『亭前一望海東流，更有雄樓在上頭。燕子飛來春漠漠，鷗夷仙去水悠悠。神交故國三千里，目斷中原四百州。日暮片雲棲古樹，昔人留與後人愁。』（飛翼樓）

鄭清之　清之初名燮，字文叔。後改今名，字德源，號安晚。寶慶初以定策功，累官大傅左丞相。有安晚堂詩集七卷。其詩大都直抒性情，近白居易。但愛用禪語，亦其一病。例如：『齋宿虛閑只淨明，俗氛暫洗覺身輕。半山雲脚炊煙溼，一枕松聲澗水鳴。對語老禪眞法器，譯經新謫出僧檠。歸翻貝葉蓮花頌，猶帶招提月影淸。』（淨明湖）

姚鏞　鏞字希聲，號雪篷，又號敬菴，剡人。嘉定十年進士，以平寇功擢守贛州。有雪篷集。詩如：『兩岸山如簇，中流鎖翠微。風帆逆水上，江鶴背人飛。野廟清桐樹，人家白板扉。嚴溪台下過，不敢浣塵衣。』（桐廬）

徐鹿卿　鹿卿字德夫，號泉谷，豐城人。官至禮部侍郎，以華文閣待制致仕。有清正存稿。其詩可以鬱孤洞天爲例：『夢跨長虹海上遊，寒生肌骨一壺秋。好風吹得詩魂醒，自寄人間擘玉樓。』

戴栩　栩字文子，（或云立子）永嘉人。官至大學博士，遷祕書郎。有浣川集。其詩格頗近永嘉四靈，然詞句甚雕琢，例如：『子晉昔遊處，平台片石成。寺名猶記鶴，松響却疑笙。巖壁飛雙瀑，金沙照一泓。野人豈仙伴，隨鹿過溪行。』（白鶴寺）

汪莘　莘字叔耕，休寧人。築室柳溪之上，圍以方渠，自號方壺居士。與朱熹相善，有方壺存稿，亦名柳塘集。其詩格頗似盧仝，怪而不俗，例如：『野店溪橋柳色新，千愁萬恨爲何人？殷勤織就黃金縷，帶雨籠煙過一春。』（次潘別駕韻）又如『十里湖山若見招，柳隄荷蕩赤欄橋。待他朝市人歸後，獨泛扁舟吹玉簫。』（夏日西湖閑居）

詹初　初字以元，休寧人。始爲縣尉，以薦入太學爲學錄。因其所居曰流塘里，故其詩文名流塘集。後因其讀書之處，改名曰寒松閣集。詩不甚佳，如出心原一類的作品，實在是宋詩裏面下乘的詩。

黃幹　幹字直卿，號勉齋，閩縣人。少受業於朱熹，熹妻以女。歷知漢陽軍，安慶府，以主管亳州明道宮致仕。有勉齋集。其爲文不事雕飾，氣體醇實。詩如：『古寺殘僧少，孤村碧樹圍。明朝山下路，愁絕

望煙歸。』（過翠微）

朱淑貞　淑貞錢塘人，或云朱熹姪女。這是兩宋惟一的女詩人。其生平際遇至慘，嫁與市儈爲妻，終日抑鬱寡歡。著有斷腸集。詩甚清婉，例如：『一塍芳草碧芊芊，活水穿花暗護田。蠶事正忙農事急，不知春色爲誰妍？』（馬塍）又如『夜久無眠秋氣清，燭花頻翦欲三更。鋪床涼滿梧桐月，月在梧桐缺處明。』（秋夜）

姜特立　特立字邦傑，麗水人。累官浙東馬步軍副總管，慶遠軍節度使。有梅山續稿。其詩意境超曠，不事雕琢，例如：『遙知三徑長荒苔，解組東歸亦快哉。津岸紛紛羣吏去，船頭滾滾好山來。平時佳客應相過，勝日清樽想屢開。若許詩篇數還往，直須共挽古風回。』（和陸放翁見寄）

章甫　甫字冠之，鄱陽人，徙居眞州，自號易足居士。（按宋代有二章甫，其一字端叔，浦城人。著孟子解義）其人豪放飄蕩，不受拘羈，詩亦如其爲人，例如：『誰家短笛吹楊柳？何處扁舟唱采菱？湖水欲平風作惡，秋雲大薄雨無憑。近日白鷺麾方去，隔岸青山喚不譍。好景滿前難着語，夜歸茅屋望疎燈。』（湖上吟）章甫詩骨力蒼秀，跡近江湖，有自鳴集。

陳淳　淳字安卿，號北溪，龍溪人。有北溪大全集。朱熹最忠實之弟子。文章多質樸，作詩皆如語錄。例如：「三石參天作柱擎，自從開闢便崢嶸。何爲末俗好奇怪，盡道江郎化魄成。」（題江郎廟）

吳則禮　則禮字子副，富川人。官至直祕閣，知虢州。晚居豫章，自號北湖居士。其生平不甚詳悉，四庫提要題爲北宋人，然其詩的背境，如「長淮南北已休兵」確係南宋人語。著有北湖集。詩如：「建業流風端可憐，石城江色曉鮮鮮。鳥窺漢節梅花底，雨溼柁樓春水邊。雙髮讎書有東觀，錦囊覓句屬南天。枯腸不飽大官肉，我種芋魁今十年。」（簡田升之時升之赴金陵）

嚴羽　羽字儀卿，一字丹邱，邵武人。自號滄浪逋客。與嚴仁、嚴參齊名，世號三嚴。著有滄浪詩話，爲宋人詩話中論詩之最精闢者。嘗謂：「詩有別才，不關學也。」其所自爲詩，獨主性靈。如「一徑入松雪，數峯生暮寒。」「空林落木長疑雨，別浦風多欲上潮」之句，詩格不凡。有滄浪集。例如：「昨夜中秋月，含愁顧影頻。空留可憐影，不見可憐人。」（閨怨）又如：「船在下江口，逆風不得上。結束作男兒，與郎牽百丈。朝亦出門啼，暮亦出門啼。蜘蛛掛風裏，搖思無定時。」（懊儂歌）

蘇泂　泂字召叟，山陰人。偃蹇不遇以老。有冷然齋集。其詩能自出清新，江湖派中之卓然者。例

如：『臘節梅花外，椒盤淚眼邊。山川非故國，笳聲咽新年。機事鷗偏覺，家書鴈不傳。細箋今夕恨，萬一古人憐。』（除夕呈主人）

岳珂　珂字肅之，湯陰人，居彰德。寧宗朝權發遣嘉興軍府，兼管內勸農事。著有九經三傳沿革例、寶眞齋書法贊、愧郯錄、桯史、玉楮集、棠湖詩稿諸書。其詩不甚涵蓄，而軒爽英多，鋒芒特露，在南宋自立一格。例如：『秋水芙蓉試早妝，半軒微雨灑鴛鴦。細腰正欠酬金餅，奮翼何堪卸玉梁。髮鬢釵橫人在牖，繩低斗轉月侵牀。無情花影雲來去，都作一天風露涼。』（無題）

朱繼芳　繼芳字季實，建安人。紹定五年進士，有靜佳乙稿。詩如：『雁影江潭底，秋聲浦溆間。吳兒歌一曲，月子幾回灣。』（吳歌）

徐元杰　元杰字仁伯，信州上饒人。紹定五年進士第一，累官國子祭酒，權中書舍人，拜工部侍郎。有楳埜集。詩如：『花開紅樹亂鶯啼，草長平湖白露飛。風物晴和人意好，夕陽簫鼓幾船歸。』（湖上）

林希逸　希逸字肅翁，號竹溪，又號鬳齋，福清人。官至考功員外郎。善書能畫，工詩。有鬳齋集。詩如：『先生隱几奴煨火，斜插疎枝破瓦樽。鶴夢未回更幾轉，吟成應是月黃昏。』（題馬和之覓句圖）。

周弼　弼字伯弜，汝陽人。少時即好吟詠，四十年間宦遊吳、楚、江漢，名振江湖。其詩格傾向晚唐，例如：『索居牢落動關心，但覺怱怱歲月侵。無夢不因憐晝靜，有懷多是惜春深。草香稚蝶銷胡粉，花落蠻鶯變楚金。最是不禁芳樹色，能涵幾日又成陰。』（山居春晚）著有汶陽端平詩雋。

賈似道　似道字師憲，天台人。官至右丞相，以太師平章軍國事，封魏國公。權傾中外。其爲人雖無足觀，詩則清麗可誦。例如：『半是樓台換却春，幾回獨立更消魂。斷隄野水梅花宅，千古春風月一痕。』（題孤山）又如『數家煙火深村裏，幾處牛羊落照中。客久不歸心事遠，梧桐葉葉是秋風。』（鳳山）

戴昺　昺字景明，號東野，天台人。官至贛州法曹參軍。有東野農歌集。其詩有『不學晚唐體，曾聞大雅音』之句。例如：『淒淒抱葉蟬，閒關棲樹禽。入山本被喧，復愛聆此音。微颸動夕爽，薄雲散秋陰。衆籟閴以靜，片月生東林。』（秋日過屛山菴）

王應麟　應麟字伯厚，慶元人。官至禮部尙書。著作甚宏，有四明文獻集。其詩如唐開成年墓誌石澤民廟一類的作品，不甚可誦。

馬廷鸞　廷鸞字翔仲，樂平人。官至右丞相兼樞密使。有碧梧玩芳集。其詩卷軸之氣頗重，例如：「汗竹丹鉛側，空花粉黛中。尙懷丞相亮，宜署大夫雄。有客來今雨，誇子邁古風。幽情傾不竭，渺渺碧雲東。」（贈程楚翁）

劉黻　黻字聲伯，號質翁，樂淸人。累官至吏部尙書。有蒙川遺稿。其詩古淡，自備一格。例如：「柳殘荷老客淒涼，獨對西風立上方。萬井人煙環魏闕，千年王氣到錢塘。湖澄古塔明寒嶼，江遠歸舟動夕陽。北望中原在何所，半生盈得鬢毛霜。」（題江湖偉觀）

陳允平　允平字衡仲，一字君衡，四明人。號西麓，有西麓詩稿。詩如：「寒空漠漠起愁雲，玉笛吹殘正斷魂。寂寞小樓簾半捲，鴈烟蛩雨又黃昏。」（小樓）又如：「閑拈花片貼紗窗，繡幙斜飛燕子雙。細數歸期相次近，倚樓日日望春江。」（閨情）

樂雷發　雷發字聲遠，寧遠人。累舉不第，終居於雪磯，自號雪磯先生。有雪磯叢稿。其詩隸屬江湖派，例如：「兒童籬落帶斜陽，豆莢薑牙社內香。一路稻花誰是主，紅蜻蜓伴綠螳螂。」（秋日村路）

姚勉　勉字述之，一字成一，高安人。官至校書郎兼太子舍人。有雪坡文集。學詩於樂雷發。例如：『湖面輕煙起，前山漸不分。鐘聲連寺答，人語隔船聞。吟客衣生月，歸僧笠帶雲。及城門未掩，燈火已紛紛。』（放生池納涼晚歸）

陳著　著字子微，號本堂，鄞縣人。官至著作郎，出知嘉興府。有本堂集。其詩近擊壤派，例如：『轉路便幽深，曾來不用尋。寺衣仙石脚，僧識老巖心。是處鬼無墓，此山松自林。滔滔未涯事，分付一蟬吟。』（題勝國院）

施樞　樞字知言，號芸隱，丹徒人。著有芸隱橫舟稿與芸隱倦遊稿。其詩隸江湖派。例如：『客路悠悠強自安，亦因吟事可相寬。小窗過了簾纖雨，細與東風說晚寒。』（晚思）又如：『樓台疊翠繞清溪，淺澹雲邊月一眉。行到市聲相接處，傍橋燈火未多時。』（見月）都不失爲淸妙的小詩。

薛嵎　嵎字仲止，一字賓日，永嘉人。寶祐四年進士，官至長溪簿。有雲泉詩。其詩隸永嘉四靈派，例如：『闕下春光近，囊金又一空。霜風吹敗絮，星斗隔疎篷。世道誰能挽，妻拏見未同。靑燈對黃册，銷盡幾英雄。』（省試舟中）趙東閣評其詩云：『雲泉詩本用唐體，物與理稱，自成一家。』

宋伯仁　伯仁字器之，湖州人。嘉慶中爲鹽運司屬官。有西塍集。其詩隸江湖派，思清而才弱，例如：「青梅黃盡雨無多，柳影重重午日過。忽聽隔簾人語笑，採蓮船子上新河。」（戲作）

林同　同字子真，號空齋，福清人。元兵至福州，抗節死。有孝詩一卷。其詩詞旨陳腐，可觀者甚少，例如：「謹勿悲生女，均之有至情。縈能贖父罪，蘭亦替爺征。」（木蘭）

王柏　柏字會之，自號長嘯，後更魯齋，金華人。善畫工詩，著作甚宏，有魯齋集。其詩可以八詠樓爲一例：「樓壓重城萬井低，星從天闕下分輝。傷心風月詩應瘦，滿眼桑麻春又肥。山到東南皆屹立，水流西北竟何歸？倚闌莫問齊梁事，斷石淒涼臥落暉。」

葉紹翁　紹翁字嗣宗，建安人。（按處州府志稱紹翁爲龍泉人）有靖逸小集、四朝見聞錄。詩如：「愛山不買城中地，畏客長撐屋後船。荷葉無多秋事晚，又隨鷗鷺過殘年。」（西湖秋晚）

吳惟信　惟信字仲季，霅川人，寓吳中。有菊潭詩集。詩如：「翠帳香清捲碧紗，風梢殘雨湧檐牙。蜻蜓亦被涼勾引，清曉低飛入水花。」（曉吟）又如「閑與蘆花立水邊，歸心客思兩茫然。夕陽收盡天風急，一樹寒鴉落野田。」（野望）

兪德隣　德隣字宗大，永嘉人。自號大迂山人。宋亡不仕，遁跡以終。有佩韋齋文集。四庫提要稱其詩：『恬澹夷猶，自然深遠，在宋末諸人之中，特爲高雅。』例如：『僧舍倚松北，浮圖界竹西。江通嚴瀨遠，雲壓越山低。槐里三原隔，襄城七聖迷。臨風悲往事，月落凍烏啼。』（登六和塔）

王鎡　鎡字介翁，括蒼人。嘗官縣尉。宋亡之後，歸隱湖山，扁所居爲月洞，有月洞吟一卷。詩如：『水路隨山轉，谿晴踏輭沙。斜陽曬魚網，疏林露人家。行蟹上枯岸，飢禽銜落花。老翁分石坐，閑話到桑麻。』（谿村）

黃庚　庚上海人。大學生。工畫能文，宋亡不仕。有樵吟集。詩如：『園林芳事已闌珊，梅未生仁笋未竿。隄上柳線風脫盡，綠陰應在雨中寒。』（傷春）又如『紅藕花多映碧闌，秋風纔起易彫殘。池塘一段榮枯事，都被沙鷗冷眼看。』（池荷）

鄧牧　牧字牧心，錢塘人。宋亡不仕，自號九鎖山人。與謝翺、周密等友善。有伯牙琴一卷。詩如詠棲眞洞：『何年采眞遊，遺此棲遁跡。流泉金石奏，伏鼠霜雪色。浮世幾興亡，殘基耽苔石。』（九鎖山十詠之一）

陳深　深字子微，平江人。宋亡，棄舉子業，閉門著書。所居曰寧極齋，號淸全。有寧極齋稿。詩如：「驅車登遠道，白日忽西流。宇宙驚新夢，山河感舊遊。雲迷江令宅，月澹庾公樓。已已知何奈，長歌去國愁。」（南遊）

于石　石字介翁，蘭谿人。宋亡不仕，自號紫巖。晚徙城中，更號兩谿。其詩感時傷事，多哀厲之音，有紫巖詩選。例如：「絕壁兩巖雲，荒村半橋霜。孤往欲何之，林下幽徑長。寒梅在何許，臨風幾徜徉。誰家斷籬外，一枝寄林塘。水靜不搖影，竹深難護香。無言猶倚樹，山空月荒涼。」（探梅分韻得香字）

方夔　夔一名一夔，字時佐，淳安人。屢舉不第。亡國後，遁跡富山之麓，扁其堂曰綠猗，自號知非子。有富山遺稿。其詩紆徐渾厚，弗事雕琢，可見其沖雅之操。例如：「青溪溪上路，書劍此棲遲。涼月穿衣褐，寒波照鬢絲。古洞傳賀若，橫玉犯龜茲。不爲傷秋老，孤吟自可悲。」（秋晚雜興）

周密　密字公瑾，自號草窗，又號弁陽嘯翁，又號蕭齋。先世濟南人，流寓吳興。宋亡不仕，自號泗水潛夫。有蠟屐集、蘋洲漁笛譜、癸辛雜識、齊東野語、武林舊事、絕妙好詞諸名著作。其詩多淒愴悲涼之感，例如：「淸芬堂下千株桂，猶是韓家舊賜園。白髮老翁和淚說，百年中見兩中原。」（南園）

跋

擺在歷史上七百年了的宋詩，除了詩話家照例加以一些支離破碎的所謂批評，和文學史家照例在他們的大著裏面擱這麼一章人云亦云的宋詩外，關於宋詩的系統的整個的研究著作，據我所知，似乎還沒有。去年夏天，我的唐詩研究脫稿以後，承商務書館王雲五先生又以宋詩研究一書相囑，於是這異常困難的工作又擱在我微弱的雙肩上了。秋後，旅居無錫，卽着手撰稿，已草成半部。後以家庭不幸，發生巨變，父親罹難，個人萬里奔馳，風塵勞碌，不僅無心於舊書堆裏面討生活，卽已成之稿亦全部散佚。直至最近流寓滬中，始復重行撰述，整理成書，因爲跋其經過於卷末。

胡雲翼識於白蘋離滬之日

民國二十一年一月二十九日
敝公司突遭國難總務處印刷
所編譯所書棧房均被炸燬附
設之涵芬樓東方圖書館尚公
小學亦遭殃及盡付焚如三十
五載之經營隳於一旦迭蒙
各界慰問督望速圖恢復詞意
懇摯銜感何窮敝館雖處境艱
困不敢不勉為其難因將需用
較切各書先行覆印其他各書
亦將次第出版惟是圖版裝製
不能盡如原式事勢所限想荷
鑒原謹布下忱統祈
垂鑒

上海商務印書館謹啓

中華民國十九年十二月初版
民國廿二年四月印行 國難後第一版

國學小叢書 宋詩研究一冊 (九六三)

每冊定價大洋陸角
外埠酌加運費匯費

著作者 胡雲翼

主編者 王雲五

發行兼印刷者 商務印書館 上海河南路

發行所 商務印書館 上海及各埠

四三六二上